KB063361

로크미디어가
유혹하는
재미있는 세상

이것이 법이다

이것이 법이다 139

2022년 7월 6일 초판 1쇄 인쇄
2022년 7월 11일 초판 1쇄 발행

지은이 자카예프
발행인 김정수 강준규

기획 이기헌 왕소현 박경무 강민구 조익현
책임편집 최전경
마케팅지원 이원선

발행처 (주)로크미디어
출판등록 2003년 3월 24일
주소 서울시 마포구 성암로 330 DMC첨단산업센터 318호
Tel (02)3273-5135 편집 070-7863-8592 Fax (02)3273-5134
홈페이지 rokmedia.com E-mail rokmedia@empas.com

ⓒ 자카예프, 2015

값 8,000원

ISBN 979-11-354-7353-1 (139권)
ISBN 979-11-255-9575-5 04810 (세트)

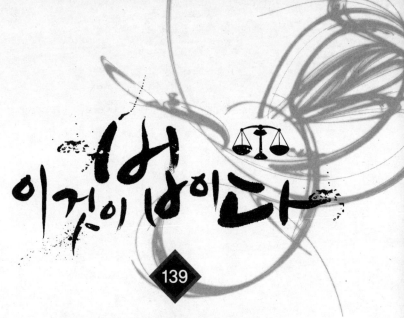

이것이 법이다

139

자카예프 장편소설

ROK
MEDIA

로크미디어

CONTENTS

살을 주고 뼈를 취한다   7

중국인의 방식   57

당 그리고 린민   89

완장질을 시켜 주마   119

이 세상 모든 프로 불편러에게
고합니다   155

익명성의 그림자 뒤에   189

선처는 없습니다   227

살을 주고 뼈를 취한다

"뭐라고?"

이상주는 비서의 보고에 눈이 찡그러졌다.

"현 세입자가 권리금을 요구하면서 다음 세입자를 데리고 왔습니다."

"뭔 개소리야? 거기에 권리금이 어디 있어?"

이상주는 자신이 설계한 함정에 소상공인은 당연히 저항하지 못할 거라 생각했다.

그런데 생각지도 못한 사태에 되물을 수밖에 없었다.

"그게, 뒤에 대룡과 노형진이 있는 듯합니다."

"뭐?"

"노형진과 대룡의 흔적이 발견되었습니다. 그들이 이번

일에 끼어든 게 확실합니다."

노형진과 대룡은 딱히 자신들의 존재를 감추려고 하지 않
았다.

당연히 이상주는 눈을 찌푸렸다.

"뭔 소리야? 그놈들이 왜?"

"아무래도 우리 계획을 알아차린 듯합니다."

"우리 계획을 알아차렸다고?"

"네, 권리금에 관한."

쾅!

이상주는 책상이 부서지도록 내려쳤다.

"아직 시작도 안 한 거잖아! 그런데 어떻게 안 거야? 그게
말이나 된다고 생각해?"

권리금을 받고 슬쩍 넘기는 것. 그걸 계획한 것은 이상주다.

하지만 아직 실행은 하지 않았다.

일단 들어와 있는 놈들을 내보내고 그 후에 제3자 명의로
넘기려고 했으니까.

"놈들이 그걸 아는 게 확실해? 정보가 어디서 샌 거야? 어
디서 누가 배신한 거냐고!"

"조사 중입니다."

그들은 설마 노형진이 추측한 거라고는 생각하지 못하고
내부만 들쑤시고 있었다.

"망할 놈들, 끝까지."

이상주는 이를 뿌드득 갈았다.

기업에 큰 타격을 입고 난 후 몇 번이나 위기가 있었다.

살아남기 위해서는 충분한 실적을 올리고 막대한 뇌물을 뿌려야 했다.

그런데 그 돈마저 부족해지자 이상주는 권리금을 빼앗을 생각을 한 것이다.

딱히 양심에 찔리거나 하지는 않았다.

중소기업을 가지고 장난쳤던 경험도 있으니까.

하지만 그 방법은 노형진에게 걸리는 바람에 더 이상 써먹을 수 없게 되었고, 결과적으로 다른 방법을 찾아야 했다.

'내가 그 돈을 잡아 두느라고 얼마나 굽실거렸는데.'

그 와중에 일본에서 들어온 막대한 자금.

처음 계획이 틀어지기는 했지만 여전히 그 자금은 한국에 있었기에, 이상주는 그들과 협상해서 충분한 수익을 대가로 투자받기로 했다.

일단 그들의 돈으로 보증금을 지급하고 나중에 권리금을 받으면 그중 일부를 주기로 한 것.

권리금이 가게당 수억씩이기에 당연히 일본은 그 계획을 받아들여서 투자해 줬고, 광명 쇼핑몰은 그 첫 시험대였다.

'그런데 노형진 그놈이 끼어들었다고?'

그건 안 될 말이다.

하지만 이미 끼어든 이상 또 장난치는 것에는 한계가 있었다.

"법무 팀에서는 뭐라고 하던가?"

"거부할 수는 있지만, 그다음이 문제라고 합니다."

만일 권리금을 인정하면, 재산 내역 확인을 통해 월세 등 기타 지급 능력에 문제가 있지 않은 이상 거절할 수 없다.

무조건 거부하려면, 법적으로 권리금이 인정되지 않는다는 걸 안내해 주어야 한다.

"결론적으로 우리가 권리금을 받기 위해 준비한 계획이 틀어집니다."

"그냥 모른 척하고 진행하면?"

"물론 가능은 합니다만, 그런 경우 나중에 권리금을 준 사람들이 우리에게 관리 책임을 물을 가능성이 아주 높습니다."

아예 모른다면 모를까, 안 이상에야 관리에 들어가야 하는 것은 당연한 일.

"설사 아니라고 해도 상대방은 노형진입니다, 회장님. 그놈에게 허점을 보여 주면 물어뜯깁니다. 특히나 불법적인 경우는 더더욱 그렇습니다."

"그렇지. 노형진은 그런 놈이지."

노형진은 상대방이 저지른 불법을 이용해서 상대방을 갈가리 찢어 버린다.

그 또한 합법과 불법 사이에서 장난치기는 하지만 말이다.

'노형진은 어떻게 보면 우리와 같은 종자야.'

합법과 불법 사이에서 장난칠 줄 알아야 사실상 제대로 된 변호사라고 이상주는 생각했다.

왜냐하면, 그러지 못한다는 것은 법을 그냥 글자와 서류로만 알고 있다는 증거라고 생각했으니까.

그의 생각은 어느 정도는 사실이었다. 법 자체에 대한 이해도가 높지 않으면, 법을 가지고 놀 수도 없기 때문이다.

'나쁜 건 우리가 적이라는 거지.'

이상주는 속에서 열불이 났지만 어쩔 수 없었다.

일본의 자산가들은 나중에 다시 설득할 수 있지만, 노형진에게 털리면 그 돈을 도리어 빼앗기게 될 수도 있다.

"다른 방법은 없는 것 같군."

"그러면 어떻게 할까요? 그냥 기존 업자들과 계약을 갱신할까요?"

"아니, 그럴 수는 없지."

노형진에게 패했다지만 이상주의 분노가 어디로 사라진 것은 아니었다.

"최선이 아니라면 차선이 있는 법이지."

그는 눈을 번뜩거리며 말했다.

⚖

"아마도 차선으로 직접 가게를 운영하려고 할 겁니다."

노형진은 모여 있는 사람들을 보면서 말했다.

그들은 노형진의 말대로 다른 사람을 내세워서 권리금을 요구했는데, 예상대로 두한에서는 권리금은 존재하지 않는다면서 계약을 거절했다.

　"그러한 계획을 통해 두한에 관리 책임을 물을 수는 있게 되었습니다. 하지만 그건 어디까지나 다음 입주자에게나 해당되는 겁니다. 여러분은 보호받지 못하지요."

　"그게 무슨 말입니까? 변호사님이, 이렇게만 하면 두한의 횡포를 막을 수 있다고 하지 않았습니까?"

　"가게를 빼앗기는 것을 막을 수 있다고 했지, 가게 자체의 계약 해지를 막을 수 있다고는 하지 않았습니다."

　"그게 그거 아닌가요?"

　"전혀 다른 문제입니다. 여러분이 나간 후, 여기에서 다음에 장사할 사람이 누구일까요?"

　"그거야 다음 계약자일 테지요."

　"그럴 거라면 차라리 여러분과 계약을 갱신하는 게 맞지요."

　이 상권을 살린 당사자들이고 이미 고정 손님들이 있는 가게들이니까.

　물론 월세 자체야 높아지겠지만 이들이 월세를 올려 주지 않겠다고 하는 것도 아니다.

　어떤 상권이든 흥하면 월세가 올라가는 건 당연한 일이고, 세입자 입장에서도 흥한 상권에서 비싼 월세를 내면서 장사하는 게 낫지 망한 상권에서 돈도 못 벌면서 장사하고 싶어 하지는 않을 테니까.

"그게 무슨 말입니까?"

"저는 여러분이 나가고 나면 아마 그들이 직영 형태로 운영하려 할 거라고 예상하고 있습니다."

"네? 직영이라니요?"

"간단한 거죠. 여기는 돈이 됩니다."

권리금을 수억씩 내면서 들어오려고 할 만큼 돈이 된다.

돈이 되니까 월세가 올라도 감수하려는 거고.

"그 말은, 여러분이 나간 후에 직영점을 내면 여러분이 가지고 가던 수익을 두한에서 직접 가지고 갈 수 있게 된다는 뜻이지요."

"아니, 그게 말이나 됩니까!"

"그건 말도 안 됩니다!"

"말이 안 된다고 생각하시나요?"

노형진은 주변 사람들을 스윽 바라보았다.

하나같이 분노로 벌겋게 달아오른 모습들이었다.

하지만 그들은 현실을 모른다.

"단도직입적으로 묻지요. 여기서 체인점이 아닌 분들? 얼마나 되십니까?"

"네?"

"체인점이 아니라 순수하게 자신의 실력과 노력으로 가게를 일으킨 분들이 얼마나 되는지 물었습니다."

서로를 돌아보는 사람들. 노형진이 이런 말을 하는 이유를 이해하지 못했으니까.

그러나 곧 노형진의 설명이 이어지자, 그들은 꿀 먹은 벙어리가 되었다.

"제가 상가들을 확인해 봤습니다. 일단 여기에 있는 상가들의 50%가 체인점입니다. 옷이나 편의점, 식당 등등 모두 체인점이지요. 만일 여러분이 나간 후에 두한에서 그 가게 체인을 직영으로 바꿔 달라고 하면, 그쪽에서는 뭐라고 할까요?"

체인점을 하는 사람들은 말문이 콱 막혔다.

당연히 기업 입장에서는 직영으로 바꾸는 게 유리하다.

설사 그게 아니라고 해도, 두한에서 지정한 사람을 새로운 체인점의 사장으로 임명하면 그만이다.

"여러분은 각자의 가게에서 계속 장사해야 합니다. 하지만 두한에서 관리자를 지정하면요?"

그들은 돌아다니면서 여러 가게를 감시하거나 확인할 수 있다.

당연히 그만큼 돈이 남는다.

"한 가게당 500만 원만 남아도 열 개의 가게면 매달 5천만 원입니다. 그런데 한 가게당 500만 원밖에 안 남나요? 제가 봤을 때는 아닐 것 같은데요."

상인들이 수익을 공개하지 않아서 확실히 말할 수는 없지만, 매달 500만 원밖에 남지 않는 가게에 몇억씩 권리금을 주면서 들어오려고 하지는 않을 것이다.

"두한에서는 아마 그쪽이랑 계약 해지하고 자기들하고 계약하자고 할 테고, 그러면 여러분은 그냥 날아가는 거죠."

노형진은 어깨를 으쓱하며 말했다.

"게다가 그들은 여러분에게 시설물을 두고 가라고 할 겁니다."

어차피 철거하려면 그것도 돈이 든다.

화가 나서 철거할 수도 있겠지만, 두한 입장에서는 그냥 다시 설치하면 그만이다.

"여러분 중에 대금을 줄 테니 시설물을 두고 나가라고 하는데 천만 원씩 들여서 가게 내부를 철거하실 분 계십니까?"

"……."

"젠트리피케이션Gentrification이라고 하지요? 그게 괜히 생긴 말이 아닙니다."

젠트리피케이션.

지역 상권이 성장하면서 외부인이 그 지역을 점령하는 현상을 말한다.

"가로수길, 청담길 등등 많은 곳이 있었지요."

그 지역에 가게를 낸 사람들은 처음에는 평범한 일반인이었다.

그런데 가게들의 장사가 잘돼서 상권이 살아나면?

월세가 올라간다.

당연하게도 일반인은 그 월세를 감당하지 못하고 나가게

된다.

하지만 기업의 경우는 다르다.

월세를 감당할 수도 있거니와, 홍보를 목적으로 그곳에 가게를 내려는 경우도 있다.

서울의 모 빵집의 경우는 월세가 8천만 원이다.

과연 그 빵집이 빵을 팔아서 그 월세를 감당할 수 있을까?

아니다. 서울 강남이라고 다른 데서 3천 원에 팔던 빵을 3만 원에 팔 수는 없는 노릇이니 결국 적자일 수밖에 없다.

그럼에도 가게를 유지하는 건 홍보 목적 때문이다.

"여기도 그렇습니다. 여러분이 나온 후에 두한이 자격을 얻어서 거기에 가게를 내든가, 직영점 설치를 요구하겠지요. 직영점은 두한이 세를 확 높여도 충분히 들어올 수 있을 테니까요. 그런데 말입니다, 그런다고 손님들에게 뭐가 달라지죠? 이런 건 여러분이 아니라 손님의 입장이 우선입니다."

체인점들이다. 당연히 다른 지점과 다를 바가 없다.

여기에 들어오는 옷은 다른 매장에도 들어가고, 여기서 파는 음식은 다른 매장에서도 판다.

특출하게 맛이 다른 것도 아니다.

애초에 체인점은 한 지점이 맛이 특출하게 튀는 걸 용납하지 않는다.

체인점은 어딜 가나 평균적인 맛을 유지한다.

흔한 맛이지만 그래도 실패하지 않는다는 것이 체인점의

장점이니까.

"바뀌는 건 아무것도 없겠지요."

극히 일부 손님들을 제외하고는 딱히 주인과 알고 지내면서 단골로 오지 않는다.

이런 상권은 더더욱 그렇다.

"그러면 이미 살아난 상권을 누가 가지려고 하겠습니까?"

고개를 푹 숙이는 사람들.

그들은 체인점을 운영하는 사람들이었다.

그에 반해 약간은 안도하는 사람들, 그들을 보면서 노형진은 차분하게 말했다.

"다른 분들은 체인점이 아니라서 안도하시는 모양인데, 딱히 다를 바 없습니다. 여기서 고객들이 본인들 솜씨의 가게가 아니라면 절대 오지 않을 거라고 확신하시는 분?"

"……."

"옷 가게나 기타 공산품 쪽은 말할 것도 없을 테니, 그나마 안심하실 수 있는 업종은 식당 정도일 텐데요. 하지만 다들 아실 겁니다. 요즘은 식당이 모두 상향평준화되어 있다는 걸요."

틀린 말은 아니다.

더럽게 맛없는 식당들은 나가떨어질 수밖에 없는 구조다.

당장 체인점이 많은 이유가 뭔가? 그들은 연구를 통해 음식을 상향평준화할 수 있기 때문이다.

초대박을 낼 수는 없지만 그래도 최소한 여기서 먹으면 실패는 아니라는 믿음이 사람들 사이에 있기에 그 구매력을 바탕으로 너도나도 체인점을 내는 거다.

"여러분이 그 정도 실력을 가지고 있다면 여기가 아닌 어디에서도 성공하실 겁니다. 하지만 그렇지 않기에 여기가 중요한 거죠."

"……."

"시대는 바뀌었습니다. 음식의 질로 승부하는 시대가 아니에요. 일부는 가능할 수도 있겠지만, 여기에서 그게 얼마나 가능할까요?"

이런 대형 쇼핑몰의 식당은 맛도 중요하지만 사실 주차 시설 등 편의 시설이 더 중요하게 여겨진다.

"맛으로 승부하는 가게들은 여기에 안 들어오지요. 제 아버지가 하시는 말씀 중에 이런 말이 있습니다, 사람 입맛처럼 간사한 게 없다고."

맛이 있다면 아무리 시골 벽촌에 있어도 가서 줄 서서 먹고, 맛이 없으면 바로 코앞에 있어도 안 가는 게 인간이다.

물론 여기에서 장사하는 사람들의 요리가 다 맛없다는 건 아니다.

하지만 사람들이 줄 서서 먹을 정도로 압도적인 실력을 가진 사람은? 당연히 없다.

"여러분이 나간 후에 여러분의 자리는 두한이 차지할 겁니다."

하물며 식당조차도 그런데, 소품이나 옷 가게 같은 경우는 답이 안 나온다.

사람들은 우울한 표정이 되었다.

"그러면 어쩌란 말입니까? 우리가 뭘 어떻게 해야 하는데요? 우리는 그렇게 하면 두한으로부터 스스로를 지킬 수 있을 거라 생각해서 변호사님 말씀을 따랐던 건데."

"미안합니다만 변호사는 대리인입니다. 대신 일할 수는 있지만, 그렇다고 해서 모든 걸 해결해 드릴 수는 없어요."

아무리 의사가 살리고 싶어 한다고 해도 환자에게 살 의지가 없다면 방법이 없다.

변호사도 마찬가지.

대신 싸워 주기는 하지만 결국 그 사건에 대한 책임까지 져 줄 수는 없다.

"그 말은, 우리가 살 방법이 있긴 있다는 말입니까?"

조용히 듣고 있던 조강수가 침을 꿀꺽 삼키며 물었다.

사실 그는 체인점 주인은 아니었지만, 외부에 나가서 살아남을 수 있을지는 딱히 자신이 없었다.

일식집이라는 특성상 고급스러운 이미지를 유지해야 하는데, 그에 맞는 가게 자리를 구하는 건 어려운 일이니까.

여기서 권리금을 받고 나가지 못하면 다른 곳에서 가게 보증금은커녕 권리금 치를 돈도 없는 게 현실이다.

여기는 자신들이 살린 곳이고, 그때만 해도 죽은 상권이어서 보증금이 쌌지만 지금은 아니니까.

그래서 조강수는 한 가닥 희망을 가지고 물었는데, 노형진은 그런 그의 질문에 고개를 끄덕거렸다.

"그렇습니다. 살 수 있는 방법이 있습니다. 하지만 그러기 위해서는 여러분도 피를 흘리셔야 합니다."

"우리도 피를 흘려야 한다고요?"

"그렇습니다. 이건 제가 달리 어떻게 해 드릴 수 있는 방법도 없고, 여러분 각자가 선택해야 합니다."

"어떤 방법입니까?"

"가게만 살릴 수 있다면야……."

조강수를 비롯한 가게 주인들은 결의가 서린 눈빛으로 노형진의 말을 기다렸다.

그들의 모습을 본 노형진이 입을 열었다.

"파업입니다."

"파업요?"

"아니, 지금 우리보고 파업을 하라고요? 그게 말이나 됩니까?"

파업. 특정 요구 조건을 관철시키기 위해 노동자들이 업무를 멈추는 행위.

노동법상 인정되는 행위이며, 동시에 법률적으로 보호받는 행위이다.

물론 그걸 인정하지 않으려던 놈들이 있었지만 대부분은 노형진에 의해 굴복할 수밖에 없었다.

"우리는 노동자가 아닌데요."

당연히 상인들은 이해가 가지 않는다는 표정이었다.

이들은 대부분 한때 노동자였던 만큼, 파업이 노동자의 권리라는 건 당연히 알고 있었으니까.

"표현은 파업이라고 했지만, 정확하게는 업무 정지가 맞겠네요."

"이해가 안 가는데요."

"보니까 대부분 계약 기간이 5개월 전후로 남으셨더군요."

"맞아요."

그래서 다들 어떻게 해서든 계약을 갱신하려 하지만 두한 측에서 거부하고 있는 상황이었다.

"아마도 약 5개월 후면 여러분은 모두 나가실 테고, 그 자리는 두한이 차지하든가 두한이 밀어주는 놈들이 들어오든가 하겠지요."

비록 권리금을 빼돌리는 건 불가능해졌다지만 여전히 두한은 돈을 쥐고 있고, 이들을 몰아내고 살아난 상권을 빼앗을 생각을 하고 있다.

물론 노형진이 그 사실을 들은 건 아니지만 어렵지 않게 추측할 수 있는 일이다.

"그러니까 그걸 어떻게 막으란 말입니까? 우리보고 망하기라도 하라는 겁니까?"

"비슷합니다. 지금부터 모든 영업점이 영업을 하지 않는 겁니다."

"뭔 소리야?"

"미쳤어요?"

다들 어이가 없다는 표정으로 말했다.

영업을 종료하면 그 순간부터 계속 마이너스가 발생한다.

당연히 자신들도 먹고살아야 하고 이것저것 비용도 내야
하며 월세도 내야 한다.

"그게 약점인 거죠. 그걸 알기에 두한도 지금 저러는 거고요."

"아니, 다짜고짜 우리보고 영업하지 말라고 하면 어쩌란
겁니까?"

"맞습니다. 다 같이 망하자는 것도 아니고."

"다 같이 망하자는 거 맞습니다."

사람들은 입을 쩍 벌리고 노형진을 바라보았다.

"지금 그걸 말이라고……?"

"당신 변호사 맞아?"

"변호사 맞습니다. 그러니 여러분에게 이런 이야기를 해
드리고 있는 거고요. 두한이 지금 이곳을 노리는 이유는 간
단합니다. 상권이 살아 있기 때문이지요."

"그래서요?"

"그래서 드리는 말씀입니다. 저들에게 이곳을 빼앗기는
건 피할 수 없다 해도, 쓰레기만 넘겨주자는 겁니다."

노형진의 계획은 이랬다.

모두의 파업.

가게마다 다르기는 하지만 최소 4개월에서 최대 6개월의 계약 기간이 남아 있다.

그들이 한꺼번에 영업을 하지 않아도, 그건 그들의 선택일 뿐이니 두한에서도 뭐라고 할 수가 없다.

물론 그 과정에서 월세나 관리비 등은 제대로 내야 한다는 조건이 붙겠지만 말이다.

"약 반년 후, 두한에서는 당신들과의 계약을 해지한 후에 세입자를 구하겠지요."

세입자를 구하고 계약했다고 해서 바로 영업할 수 있는 건 아니다.

만일 전 세입자들이 모조리 철거하고 나간다면 가게를 다시 꾸려야 한다.

그때는 렌트 프리라고 해서 한 달 정도의 공사 기간 동안 월세를 받지 않는 게 보통이다.

"그럼 대략적으로 5개월에서 6개월 정도는 영업을 정지시킬 수 있습니다."

"아니, 그러면 우리 망합니다."

"맞아요. 우리 망해요."

"망하겠지요. 하지만 두한도 같이 망할 겁니다. 다들 장사해 보셔서 아시잖습니까? 사람은 장사하지 않는 가게에는 안 갑니다."

"그거야……."

"하긴, 싫어도 하기는 해야지."

사람들은 가게를 운영하면 편할 거라 생각하는데, 사실 어떤 면에서는 기업에 월급을 받으면서 다니는 게 가게를 하는 것보다는 훨씬 마음이 편하다.

일단 정해진 월급이 따박 따박 들어오기 때문에 계획을 세우기도 쉽다.

그리고 국경일이나 주말에는 자연스럽게 쉴 수 있다.

하지만 가게는 그게 아니다.

몸이 아파도 나가야 하고 가게를 자주 비울 수도 없다.

내 가게인데 누가 뭐라고 하냐고 할지도 모르지만, 가게에는 일하는 직원도 있고, 쉰다고 해서 월세를 깎아 주는 것도 아니다.

결정적으로 가게를 너무 자주 쉬면 몇 번 허탕 친 사람들이 더는 영업하지 않는 줄 알고 영영 오지 않게 된다.

그래서 자영업자들은 쉬고 싶다고 해서 쉴 수가 없다.

"물론 개개인의 가게들이 그렇게 쉰다면 그 가게의 문제일 뿐이지요. 하지만 여기에 있는 모든 가게들이 한꺼번에 쉰다면 어떻게 될까요?"

"으음."

이곳에 있는 수백 개의 가게들.

그들이 한꺼번에 영업을 멈춰 버린다면, 사람들은 왔다가

이것이 법이다

금방 떠나게 될 것이다.

그게 하루 이틀을 넘어서 몇 달이 된다면?

"이곳의 상권은 박살 나겠군요."

조강수가 조용히 말했다.

"그리고 그다음에 들어올 두한은 어떻게 될까요?"

"그건……."

상권이 한번 박살 난 곳은 다시 살아나는 게 아예 제로에서 시작하는 것보다 훨씬 더 힘들다.

"최단 4개월, 최장 6개월입니다. 그동안 영업이 이루어지지 않는다면 당연히 여기 상권은 박살이 나겠지요."

"그 말은 여기 상권을 인질로 잡아라 이겁니까?"

"맞습니다. 두한에 필요한 건 이 상가가 아니라 이 상권입니다. 이 두 가지는 전혀 다르지요."

노형진은 그렇게 말하면서 사람들을 바라보았다.

"물론 여기 계신 모든 분들이 다 동참할 거라고는 생각하지 않습니다. 누군가는 배신할 겁니다."

"지금 그걸 말이라고……."

"진실을 알고 시작해야 합니다. 잘될 거야, 모두 같은 마음일 거야? 다 헛소리입니다. 누군가는 분명 이탈할 겁니다."

"으음……."

"하지만 최소한 그만큼 상권이 죽으면 두한 입장에서는 곤혹스러울 수밖에 없지요."

일단 상권이 죽으면 두한이 들어온다고 해서 살릴 수 있다는 보장은 없다.

더군다나 상권이 죽었으니 그만큼 가겟세를 높일 수도 없다.

"동시에 여러분이 시위를 한다면 두한은 상황이 좀 곤란해질 겁니다."

"영업을 멈추고 시위를 하라고요?"

"누차 말하지만 나중에 들어올 사람이라는 존재를 생각해보세요. 권리금은 사람들에게 일종의 상식으로 통하고 있습니다. 여러분도 여기서 당연히 권리금을 받을 수 있을 거라고 생각하지 않으셨습니까?"

"그건 그렇지요."

다들 고개를 끄덕거렸다.

노형진은 그런 부분을 노리자는 것이었다.

"설사 나중에 다른 사람들이 들어온다고 해도, 시위를 통해 이곳에 권리금이 없다는 걸 알면 일정 이상의 돈은 내지 않으려고 할 겁니다."

"하지만 시위까지 하는 건 좀…… 그거 혹시 불법 아닌가요?"

"아닙니다."

정해진 장소에서 허가만 받는다면 시위는 불법이 아니다.

"합법적인 영역에서 시위한다면 그건 문제 될 게 없지요. 그리고 이런 일은 처음이니까요."

거대 기업이 살아난 상권을 통째로 먹으려고 했던 사건.

만일 이 사건이 제대로 해결되지 않는다면?

"아마 불매운동은 아주 오래 진행되겠지요."

그렇잖아도 두한은 여러모로 자금이 쪼들리는 상황이다.

이 정도 되는 규모의 상가라면 관리비도 어마어마하게 들어갈 수밖에 없다.

공용 시설의 전기세와 수도세, 청소 비용 등등은 줄일 수가 없다. 이런 건 줄이는 순간 티가 확 나고, 제대로 관리되지 않는 망한 상권이라고 생각이 들면 사람들이 오지 않게 되니까.

그러나 한참 설명을 들었음에도 일부 불편한 기색을 감추지 못하는 사람들이 있었다.

"우리가 시위를 꼭 해야 하나요?"

"설마 제가 모든 걸 다 해결해 드리기를 원하시는 건 아니죠? 그러면 저는 못 합니다. 애초에 말씀드렸지만, 이건 대룡에서 저에게 부탁한 겁니다. 여러분이 아니라요."

물론 사건의 진행과 관련해서 노형진이 수임을 하기는 했지만 수임료도 얼마 되지 않는다.

"만일 여러분은 싸울 생각이 없이 저보고 혼자서 해결하라고 하면, 전 수임을 포기하고 돈을 돌려드릴 겁니다."

다들 서로 눈치를 봤다.

'그러겠지.'

아무래도 소송을 하자니 두한이 두렵고, 안 하자니 망하게 생겼다는 생각이 들 테니까.

"합시다."

하지만 누군가는 총대를 메는 법.

조강수는 굳은 결심을 한 듯 말했다.

"그 시위라는 거, 합시다. 우리가 애지중지 키운 상권을 이대로 빼앗길 수는 없습니다."

그러자 몇몇 사람들도 용기를 내 나섰다.

"맞아요. 우리가 월세나 보증금을 올려 주지 않겠다는 게 아니잖아요. 시장가대로 줄 테니까 계속 장사할 수 있게 해 달라는 것뿐인데."

"어차피 막장 아닙니까? 두한에서 우리를 봐줄 것 같지는 않고."

"시위합시다. 이렇게 망하나 저렇게 망하나, 살려고 발악은 해 봐야지요."

그 말에 노형진은 씩 하고 미소를 지었다.

⚖️

"두한은 각성하라! 각성하라!"

"상권을 집어삼키려고 하는 두한은 반성하라!"

"우리는 장사하고 싶다!"

드디어 시작된 시위.

그 시위에 동참한 가게 주인들은 입구에서 피켓을 들고 흔들었다.

당연히 놀러 온 사람들 입장에서는 당혹스러운 일이었다.

가게는 문을 닫아 놓고 앞에서 시위를 벌이고 있었으니까.

"다행히 배신자는 없네요."

무태식 변호사는 시위하는 사람들을 보면서 말했다.

"제가 먼저 입에 담았으니까요."

"네? 그게 관련이 있나요?"

"있지요. 저는 대리인입니다. 하지만 저들은 당사자죠."

대리인은 시위할 수 없다. 그건 사회적으로 공감도 받지 못한다.

얼마나 돈이 넘치기에 대리인을 세워서 시위를 하느냐고 말이다.

하지만 본인들이 나섰다.

"그러면 사람들이 알게 될 테고, 두한의 입장은 곤란해질 겁니다."

직접 영업하고 싶겠지만 사람들은 이런 이슈가 있는 곳에 오고 싶어 하지 않으니까.

"하지만 그래도 명색이 변호사인데 마냥 시위만 계속하라고 둘 수는 없지 않습니까?"

"그건 맞습니다. 그러니 우리는 우리 나름대로의 방법을 찾아야지요."

"일단은 언론에 정보를 흘리는 것부터 시작하죠."

"두한에서 막을 겁니다."

"제가 노리는 게 그겁니다. 두한은 내부 사정이 안 좋지요. 이런 치졸한 방법을 쓸 정도로 좋지 않지만, 언론을 맨입으로 막을 수는 없을 테니까요."

"아하!"

물로 그 돈이 많지는 않을 것이다.

하지만 가랑비에 옷 젖는 줄 모른다고 했다.

그렇잖아도 상황이 좋지 않은 두한 입장에서는 그러한 상황 자체가 반갑지 않을 수밖에.

"하지만 언론은 막을 수 있어도, 과연 인터넷까지 막을 수 있을까요?"

⚖

"망할 놈들. 아무것도 없는 개돼지 새끼들이 뭘 믿고 휴업이야?"

가게 주인들의 시위 소식을 들은 이상주는 있는 대로 인상을 썼다.

"노형진이 뒤에서 돈을 지원해 주는 듯합니다. 그들도 어차피 우리가 계약을 갱신해 주지 않을 거라는 사실을 알고 있고요."

"지렁이도 밟으면 꿈틀한다더니."

물론 벌레가 꿈틀하는 것쯤은 조금도 신경 쓰이지 않는다.

사실 대부분의 경우, 꿈틀해 봐야 벌레는 결국 벌레일 뿐이다.

발로 밟아도 되고, 약을 뿌려도 되고, 책을 말아서 때려잡아도 된다. 그래서 신경 쓰지 않았다.

"노형진이 문제입니다. 그는 우리 약점을 정확하게 노리고 있습니다."

아마도 일반적인 상황이었다면 사람들은 휴업을 하지도 않았을 테고, 나중에 가서 계약이 해지된 사람들만 하나둘 시위에 동참했을 것이다.

그랬다면 사람들은 그 일에 대해 그다지 신경 쓰지 않았을 것이다.

가게들은 계속 영업하고 있고, 시위하는 사람들은 흔해 빠졌으니까.

더군다나 이미 계약이 해지된 사람들이 시위를 해 봐야 어떠한 법적인 효과도 없다.

하지만 이제는 상황이 달라졌다.

노형진은 휴업이라는 살을 내주는 대신에 사람들의 관심이라는 뼈를 취했고, 동시에 가게 대부분이 휴업하는 바람에 아예 상권이 망했다는 소문이 파다하게 돌기 시작했다.

"도대체 왜 다 휴업한 거야? 보통은 각자도생하지 않나?"

"노형진이 경고해 줬나 봅니다."

"경고?"

"내부의 누군가는 배신할 거라고요."

노형진이 아무 생각 없이 그런 말을 한 게 아니었다.

그 말을 들은 사람은 자신이 그 배신자가 되는 것을 두려워한다.

그리고 동시에 배신자에 대해 일종의 징벌을 하고자 하는 사람들이 생기기 마련이다.

"아직 내부에서 말은 나오지 않았지만 분명 혼자서 가게를 여는 사람들에 대한 어떠한 보복 조치가 있을 거라고 예상됩니다."

그렇게 해서 큰 이득이라도 있다면 또 모르겠지만, 사실 그러긴 어렵다.

애초에 상권 자체가 박살 나면서 손님도 엄청나게 줄어든 상황이고, 그런 상황에서 혼자 가게를 열어 봐야 그다지 수익도 나지 않는다.

또한 나중에 혹시라도 세입자 쪽이 승리하게 되면 어떤 식으로든 보복이 들어올 게 뻔한데, 그런 경우 장사를 접고 여기를 떠나야 한다.

"우리가 승리하는 건?"

"우리가 승리한다고 해도 어차피 나가야 한다고 생각하니까요."

"끄응…… 일부를 우리 쪽으로 포섭하는 건 가능할까?"

"가능할 겁니다. 다음 계약을 확정 지어 주면 올 겁니다만, 문제는 그러기에는 우리 예상 수익이 너무 떨어진다는 겁니다."

이미 시위가 계속 벌어지고 있는 상황이고 소문이 돌고 있다.

그 소문을 무력화하려면 당연하게도 상권을 정상화해야 하는데, 그러기 위해서는 최소한 70% 이상의 가게들이 오픈해야 한다.

"우리에게는 오픈을 강제할 수단이나 방법이 없습니다."

"시위를 막을 방법은?"

"합법적으로 하는 시위고 신고까지 다 되어 있습니다. 무엇보다 가장 큰 문제는, 기자들이 달라붙었답니다."

"뭐?"

"언론 취재 요청이 들어왔습니다."

"이런 개 같은 새끼들을 봤나!"

시위하는 것은 시위대이지 자신들이 아니다.

당연히 취재를 하려면 자신들이 아니라 일단 시위대에 협조 요청을 해야 한다.

그런데 자신들에게 협조 요청을 했다?

그 말은, 자신들이 주는 돈을 보고 뉴스화를 할 건지 말 건지 결정할 거라는 소리다.

"그쪽에서는 요구한 금액은?"

"한두 곳이 아닙니다."

"이렇게 소문났다면 한두 곳이 아니겠지."

"군소 업체들까지 다 따지만 대략 50억에서 60억 정도 됩니다."

"뭐? 아니, 그 정도는 아니었잖아? 옛날에는 이 정도 사건은 20억이면 틀어막을 수 있었잖나!"

이상주가 어이가 없다는 듯 소리를 버럭 지르자 보고하던 비서는 눈치를 보면서 조심스럽게 말했다.

"언론 개혁법이 생기지 않았습니까?"

"그래서 그거랑 무슨 상관인데!"

"부정한 방법으로 돈을 벌 수가 없으니……."

과거처럼 허위 사실을 말하면 영혼까지 털린다.

혹시라도 협박을 통해 돈을 내놓으라고 하면 그 기자가 남길 수 있는 건 유서뿐이다.

실제로 몇몇이 과거의 버릇을 고치지 못하고 그 짓을 했다가 노형진에게 그렇게 당했다.

더군다나 언론사도 그 언론 개혁법 때문에 그런 기자들을 보호하지 못한다.

도리어 징벌적 손해배상을 해 준 후에 언론사는 기자 그리고 그 기사를 확인하는 편집장에게까지 구상권을 청구하면서 손해를 메꾸려고 했고, 허위 사실을 유포한 기자와 편집장은 전 재산을 팔아도 감당할 수 없는 손해배상금에 자살을 선택했다.

"그렇다 보니 건수가 있을 때 확 당기려고 하는 성향이 있습니다."

"건수?"

"회장님, 이건 언론사 입장에서는 상당한 건수입니다."

분명 합법이라지만 두한이 장난치고 있는 건 사실이고, 소상공인을 등쳐 먹는 두한이라고 이슈를 타면 적지 않은 수익을 얻을 수 있다.

그런 데다 이게 이슈가 되면 곤란한 건 두한이니, 분명 틀어막을 거라는 걸 알고는 무리한 요구를 하는 거다.

한국에서 언론은 절대 권력이니까.

"망할 놈들."

이상주는 이를 뿌드득 갈았다.

50억? 아무리 망했다지만 그 정도 돈은 만들어 낼 수 있다.

하지만 생각만 해도 기분이 더러운 문제가 있었으니, 그건 그런 짓거리를 하는 놈들 상대로 찍소리도 못 할 만큼 두한의 힘이 빠졌다는 것이다.

"내가 힘을 되찾으면 언젠가는 그놈들을 죽여 버리겠어."

이상주는 그렇게 생각했지만, 애석하게도 노형진은 그가 힘을 되찾을 때까지 기다려 줄 생각이 전혀 없었다.

"회장님, 그리고 보고드릴 문제가 하나 더 있습니다."

"문제? 무슨 문제?"

"노형진 변호사가…… 다른 상가를 찾아다니기 시작했습니다."

"뭐?"

이상주는 처음에는 그 말을 이해하지 못했다.

"광명 지점의 사건 기록을 가지고 다른 지점을 찾아갔답니다."

"뭐라고!"

이상주는 벌떡 일어났다.

사실 광명 지점에서 벌어지는 일은 일종의 테스트다.

어차피 일본에서 들어온 돈은 충분하니 그들의 돈을 세탁해 줄 겸 동시에 가게 주인들의 수익을 빼앗기 위해 벌인, 그런 일이었다.

당연하게도 광명 지점에서 충분한 수익과 가능성이 보인다면 다른 지점으로 그걸 확대할 계획이었다.

"아무래도 노형진 변호사가 우리 계획을 다 알고 있는 것 같습니다."

"이런……."

말 그대로 노형진의 카운터펀치를 맞은 이상주는 자리에 털썩 주저앉았다.

⚖

"역시나 거절하는군요."

"뭐, 어렵지 않게 예상할 수 있었던 것 아닙니까?"

노형진은 멀어지는 인천 지점의 상인회 사람들을 보면서 혀를 끌끌 찼다.

"그들이 공산주의자들에게 왔을 때 나는 침묵했다. 나는 공산주의자가 아니었기에. 그들이 사회주의자들을 가뒀을 때 나는 침묵했다. 나는 사회주의자가 아니었기에. 그들이 노동 조합원을 덮쳤을 때 나는 아무 말도 하지 않았다. 나는 노동 조합원이 아니었기에. 그들이 유대인을 끌고 갔을 때 나는 침 묵했다. 나는 유대인이 아니었기에. 그들이 나를 데리러 왔을 때, 나를 위해 말해 줄 사람은 단 한 사람도 없었다."

"유명한 시지요."

인간의 이기심이란 그런 거다.

미래에 두한이 그들에게서 완성된 상권을 빼앗으려고 한 다고 노형진과 무태식이 소상한 자료를 함께 가지고 와서 설 득했지만 그들은 그다지 관심을 보이지 않았다.

도리어 그걸 왜 우리한테 말하느냐는 식의 태도를 보였다.

"개구리 실험 같네요."

"개구리 실험?"

"그런 거 있지 않습니까? 끓는 물에 개구리를 넣으면 튀어 나오지만 찬물에 넣고 끓이면 온도가 점점 높아지는 것도 모 르고 가만히 있는다고."

"그건 아무리 들어도 개소리 같은데요?"

무태식의 말에 노형진이 말도 안 된다는 듯 피식하고 웃었다.

"물론 그건 말도 안 되죠. 아무리 개구리가 멍청하기로서니 설마 그럴까요?"

일단 그 실험은 비인도적이라는 점이 문제가 된다.

게다가 설사 실험을 한다고 해도 개구리가 나가지 못하게 뚜껑을 덮고 해야 하는데, 그러면 개구리가 도망갈 수 없어서 죽게 되니 실험의 목적에 어긋난다.

"중요한 건 그 이야기가 의미하는 거지요."

천천히 그리고 조용히 다가가면 대부분은 알지도 못한 채 조용히 죽음을 맞이한다는 거다.

"그건 그래요."

그게 일상이 되고 익숙해지면 사람들은 그에 대해 그다지 신경을 쓰지 않게 된다.

실제로 지금의 한국에서는 북한에서 미사일을 쏴도 그러려니 하거나 '저 새끼들 또 구걸하네.'라고 생각하고 끝내지만, 처음 미사일 실험을 했을 때는 나라가 발칵 뒤집어졌었다.

"저들도 마찬가지일 겁니다. 아직 시간이 많이 남았으니까요."

광명과 다르게 시간이 좀 넉넉하게 남아 있는 데다가 중간에 들어오고 나가기를 반복해서 계약 기간이 각자 다르다는 게 문제다.

"뭐, 애초에 저들이 광명 사람들과 함께 싸워 줄 거라고는

이겼이많이다

생각하지 않았잖습니까?"

"그건 그렇지요."

노형진의 말에 무태식은 고개를 끄덕거렸다.

그럴 거라면 노형진과 무태식이 같이 올 필요도 없었다.

"도리어 저들은 광명의 사람들이 이겨서 자기들도 아무런 노력이나 투쟁 없이 계약을 갱신할 수 있기를 바랄 겁니다."

사실 그들을 탓할 수는 없다.

사람들은 대부분 그렇다.

민주화 운동으로 민주주의가 자리 잡으면 국민 전부가 혜택을 보지만, 실제로 민주화 운동을 하는 사람은 10%가 되지 않는다.

그게 인간의 본성이다.

"그런데 왜 도와주지 않을 걸 알면서도 오신 겁니까? 착한 마음에 경고해 주시려는 건 아닐 테고."

"그럴 리가요. 제가 원하는 건 저들이 경계하는 겁니다."

"경계요?"

"원래 시작이라는 게 있는 법이지요. 지금 아마 이 인천 지점에는 나와 있는 가게가 있을 겁니다."

"그렇겠지요."

"그 가게의 가격을 그들이 꿈도 꾸지 못할 정도로 올릴 생각입니다. 사실 그 가격이 중요한 겁니다. 이번에 찾아온 건 일종의 은밀한 선전포고 같은 거고요."

"꿈도 꾸지 못할 정도의 가격요?"

"음…… 보증금 10억쯤이면 될까요?"

무태식은 이해가 가지 않는다는 표정이 되었다.

"아니, 왜요? 그런다고 해서 뭐가 바뀌는 것도 아니지 않습니까?"

"바뀔 겁니다. 두고 보세요, 후후후."

⚖️

노형진의 말대로 인천 두한아울렛에는 여러 개의 빈 가게가 있었다. 아무리 살아 있는 상권이라지만 모든 업종이 다 잘되는 건 아니니까.

지역적인 특성도 있을 수 있고, 또 다른 사유도 있을 수 있다.

어찌 되었건 누군가는 망하고 다른 누군가가 그 자리에 들어온다. 그게 경제적 흐름이다.

그런데 노형진은 그곳에서 고의적으로 극단적 젠트리피케이션을 일으켰다.

"회장, 소문 들었어? 그 211호랑 321호랑 353호."

"나도 들었네. 이게 뭔 미친 소리야?"

세 개의 빈 공간. 그곳에 세 업체가 들어온다.

그런데 그 업체들이 제시한 금액이 터무니없었다.

한 업체당 20억씩, 총 60억의 보증금을 제시한 것이다.

두한에서는 노형진이 차명으로 신청한 것도 모르고 좋다
고 받아들였다.

"이거 두한에서 장난치는 거 맞지?"

"그게 아니라면 그럴 이유가 없지. 20억이라니, 지금 장난해?"

이곳에서 제일 많은 보증금을 낸 가게가 4억이다.

그마저도 한 칸이 아니라 네 칸을 쓰고 있다.

즉, 이곳의 일반적인 보증금은 한 칸당 1억 정도라는 거다.

그런데 그걸 한 칸당 20억?

"말이 되느냐고."

물론 기본적으로 보증금은 계약 기간이 끝나면 돌려주는
돈이다. 하지만 그 기간 동안 묶여 있기에, 일반인들에게는
부담이 될 수밖에 없다.

설사 그게 아니라 해도 20억이면 강남의 핵심 상권에 들어
갈 수 있다, 여기가 아니라.

"아니, 미친 거 아니야?"

"그 들어온 업자는 뭐 한대?"

"모르지. 소문만 그래."

그때 사무실 문이 열리더니 다른 상인들이 들어왔다.

"김 회장, 이야기 들었어?"

"뒷북치지 말고 들어와. 지금 그 이야기 중이니까."

사람들은 소식을 듣고 다급하게 상인회 사무실로 모여들
기 시작했다. 그럴 수밖에 없는 게, 상식적으로 이해가 안 되

는 돈으로 계약하겠다는 그런 미친놈이 세상에 있을 리가 없기 때문이다.

"그 노형진인가 하는 변호사가 한 말이 사실인 거 아니야?"

"설마! 그건 광명에서 벌어지는 일이라면서!"

"우리한테도 벌어질 거라고 했잖아."

"……."

다들 순간 입을 다물었다.

"설마 아니겠지. 우리가 나간다고 해서 뭐가 바뀐다고."

"맞아. 우리를 내보낸다고 해서 뭐가 바뀌겠어? 거기다 진짜로 20억을 준 건지도 알 수 없고. 헛소문이겠지."

다들 애써 헛소문이라고 생각하려고 했다.

하지만 상인회장인 김 회장의 생각은 좀 달랐다.

"헛소문이라고 해도, 그런 소문 자체가 부담스러운 건 사실이지."

"무슨 말이야?"

"헛소문이라면 상관없는 거 아니야?"

"1억짜리 가게 보증금을 20억을 줬다지만, 그쪽에서 우리한테 증명할 필요는 없잖아?"

"그렇지."

"그런데 나중에 우리 가게 계약을 갱신할 때 보증금을 올려 달라고 하면 어쩔 거야?"

"아니, 그거야 예상하고 있는 거잖아."

아무리 세상이 좋아졌어도 계약 갱신 시기에 보증금과 권리금을 올리지 않는 주인을 찾는 것은 불가능에 가깝다.

더군다나 법이 바뀌면서 10년간 계약을 갱신할 수 있게 되었고 그 기간 동안은 2년에 한 번 5%만 올릴 수 있게 되었으니, 당연히 주인은 가능한 때에 최대한 세를 올리려고 할 수밖에 없다.

더군다나 개인도 아닌 기업이 그 두 가지를 올리지 않고 그대로 받아 줄 가능성은 없다.

"20억이라고……. 여기서 그 돈 있는 사람 있어?"

"헛소문이라고 해도 말이지, 그 돈 받은 회사에서 그냥 넘어가겠어?"

당연히 다른 가게들에서도 그와 비슷한 수준의 보증금을 받으려고 할 게 뻔하다.

물론 진짜로 다 20억을 주지는 못할 것이다.

하지만 어찌 되었건 그만큼 가치가 있다고 생각하고 올릴 것이다.

"다들 직장에서 일해 봐서 알잖아? 다른 곳에서 20억 주는데 1억만 받아 오면 무슨 꼴 당하는지."

"……."

한 곳은 우연일 수도 있지만 두 곳은 필연이고, 세 곳은 확정이다.

못해도 3억에서 4억 이상의 보증금은 받으려고 할 테고, 상승분을 예상하면 5억 이상의 보증금을 달라고 할 수도 있다.

문제는 여기에 있는 상인 중에 그 돈을 낼 수 있는 사람이 없다는 거다.

"이거 우리 쫓아내려는 거 아니야?"

"그럴지도 몰라. 적당한 핑계잖아?"

"보증금이 5억씩 하면 누가 여기에 들어와?"

"이미 20억 가지고 들어왔다잖아."

"그러니까 말이 안 되잖아. 그거 헛소문이라니까!"

"아예 계약을 안 하려고 소문을 퍼트리는 걸지도 모르지."

"뭐?"

"아니, 다짜고짜 계약하지 않겠다고 하면 회사도 곤란하잖아. 그렇잖아도 광명 쪽은 곤혹스러운 모양인데."

확실히 광명 쪽이 곤혹스러운 상황이기는 했다.

아무리 언론을 막는다고 해도 말 그대로 언론만 막을 뿐 인터넷까지 막을 수는 없다.

당연히 소문이 나면서 광명 쪽 사람들 사이에서도 두한의 불매운동에 동참하자는 여론이 형성되고 있다.

"그러다가 두한 전반으로 불매가 퍼지면?"

그들은 자신의 가게를 생각하고는 부르르 떨었다.

인천에서 불매운동이 벌어져서 상권이 몰락하면 망하는 건 자신들이었다.

"우리가 시위만 안 하면 되잖아."

"그 대신에 5억 주고? 그 돈 있어?"

"없지."

상인들은 이런저런 이야기를 나눴지만 그들의 이야기는 하나의 결론으로 흘러가고 있었다.

"진짜로 20억이 아니라 두한에서 우리를 쫓아내려고 뻥카 쓰는 거 아냐?"

"그럴 거야. 그게 아니면 이 금액이 안 나오지."

20억을 내고 나면 남는 게 없다.

만일 은행에서 돈을 빌렸다면 수익을 전부 은행에 가져다 줘도 이자도 안 될 거다.

"이건 말도 안 된다고."

"그냥 둘 수는 없어."

"자, 자, 진정하고. 헛소문일 수도 있으니까 조금만 기다려 보자고."

"기다린다고 뭐가 달라져?"

"계약했다잖아. 누가 들어와도 들어오지 않겠어?"

"하긴, 진짜 계약이라면 누가 들어와도 들어오겠지."

말은 그렇게 하면서도 다들 아무도 들어오지 않을 거라 생각했다.

단순히 헛소문이라고, 그렇게 생각했다.

하지만 다음 주에 들어온 업체들을 본 그들은 눈을 찡그렸다.

"장난해?"

총 세 개의 업체였는데, 하나같이 이 건물에 어울리지 않는 것들뿐이었다.

물론 세상에 별의별 가게가 있다는 건 안다.

하지만 건물에 입점한 세 업체 중 두 곳은 싸구려 장신구를 파는 곳이었고, 나머지 한 곳은 어린 시절에 곧잘 먹던 불량 식품을 파는 가게였다.

물론 이 아울렛에 그 두 가지는 없었다.

왜냐, 그런 걸 팔아서는 도무지 수지타산이 맞지 않기 때문이다.

수십만 원짜리 보석을 팔아도 수익이 될동말동한데 몇천 원짜리 머리핀 같은 건 팔아 봐야 당연히 인건비도 떨어지지 않는다.

하물며 장신구도 그런데, 몇백 원짜리 어린 시절의 불량 식품인 과자류로 무슨 수익이 나겠는가?

"이게 가게라고?"

더 웃긴 건 가게 내부에 장식이 전혀 없다는 거다.

무슨 좌판처럼 바구니만 가져다 두고 그 안에 상품을 그득하게 쌓아 둔 게 끝이었다.

"저기, 학생?"

"네?"

거기서 일하는 사람은 당연하게도 아르바이트생으로 보이

는 한 사람뿐.

그 사람마저도 손님이 들어오든 말든 핸드폰 게임 삼매경이었다.

"여기 뭐 하는 데야?"

"보다시피요?"

잡다한 장신구를 파는 곳. 몰라서 묻는 게 아니다.

"여기 주인이 누군지 알아?"

"뭐, 어떤 아줌마던데요."

"아줌마?"

"네. 여기서 물건 팔라고 했어요."

"끝?"

"네. 그냥 가게만 지키래요."

"아니, 여기서 뭐가 팔린다고?"

시장판도 아니고 당연히 장신구를 예쁘게 진열이라도 해놔야 누가 들어와서 사 가지, 그냥 좌판처럼 쫙 깔아 두면 누가 제대로 보겠는가? 더군다나 이런 커다란 쇼핑몰에서 말이다.

"뭐, 파는 건 신경 쓰지 말고 가게만 지키면 된다고 했어요. 열어만 두라고."

"뭐라고? 정말 그랬다고?"

"네, 그냥 열어만 두면 되니까 신경 쓰지 말라고 했어요."

아무리 생각이 없기로서니 여기서 그렇게 장사할 리가 없다.

"그 사람이 그 후에 한 번이라도 온 적이 있어?"

"저 면접 볼 때 말고는 못 봤는데요."

"어디서 봤는데?"

"여기서요. 보자마자 그냥 일하라고 하던데요?"

상식적으로 말이 안 되는 행동들.

그리고 아예 돈이 들어가지 않은 인테리어.

"혹시 여기 얼마 주고 빌렸는지는 알아?"

"저야 모르죠."

어깨를 으쓱하는 알바생을 보고 다들 침을 꿀꺽 삼켰다.

그리고 얼마 지나지 않아 생각지도 못한 문제가 터져 나오기 시작했다.

"얼마요?"

"계약을 갱신하려면 10억은 주셔야 합니다."

계약 갱신이 다가온 어떤 상인이 두한을 찾아갔다. 그리고 두한에서는 그에게 실로 터무니없는 조건을 내걸었다.

"무슨 말이에요? 10억이라니?"

고작 한 칸짜리 가게다. 그런데 그 권리금이 10억이란다.

"기다리는 분이 있어요, 계약 기간이 끝나면 바로 들어온다고."

"설마 그 사람이……?"

"네, 맞아요. 보증금을 10억 걸었습니다."

이것이 법이다

"말이 됩니까!"

"말이 안 되는 건 아니죠. 요즘 시세가 그런 거니까."

직원은 어깨를 으쓱하며 말했다.

"미친, 여기 시세가 그렇다고요?"

먼저 찾아와서 보증금을 걸어 두고 자리가 나오는 대로 들어오겠다고 한 이상 우선권은 그들에게 있다.

솔직히 보증금이 10억씩 들어오는데 보증금 1억짜리가 눈에 차겠는가?

"최근에 상가 세 개가 20억씩에 나간 걸 모르시나 보네."

"뭐라고요?"

"상가가 나오면 들어가겠다고 예약하고 기다리는 사람들이 한둘이 아니에요. 죄다 10억씩 쥐고 기다리고 있습니다. 그 돈을 주시든가, 그게 싫으시면 나가세요."

상인의 얼굴이 창백해지기 시작했다.

"두한은 각성하라! 각성하라!"

"두한은 반성하라!"

"두한은 소상공인의 생존권을 보장하라! 보장하라!"

얼마 지나지 않아 인천 두한의 쇼핑몰에서도 집단 시위가 벌어졌다.

그들은 재계약을 요구하면서 광명과 똑같이 파업과 시위를 시작했다.

"그대로 따라 하네요."

"광명의 방식이 두한에 얼마나 압박이 되는지 알고 있으니까요."

그러니 그걸 그대로 따라 한 것이다.

그들은 10억씩 되는 보증금을 낼 방법이 없어서, 그냥 털려서 나갈 수밖에 없는 상황이 된 것이다.

"물론 개별적인 계약이라면 그게 정상이겠지요."

하지만 그들도 살아야 했고, 두한을 믿을 수가 없는 상황에서 수십 곳에서 10억씩 쥐고 예약을 걸었다는 말은 그들의 불안한 심리와 두한에 대한 불만을 자극했다.

"그래서 광명을 따라 저렇게 시위하는 거군요."

"그럴 겁니다. 그리고 인천만이 아니라 다른 곳에서도 그런 일이 벌어지기 시작할 테니 아마 두한 입장에서는 입술이 바짝바짝 마를 겁니다."

한 곳은 두 곳이 되고 두 곳은 세 곳이 될 테니, 이게 소문나면 당연히 두한이 다 꿀꺽한다는 계획은 실행 불가능해질 것이다.

만일 두한 측에서 그들을 몰아내고 상권을 모조리 장악한다면 심각한 불매운동을 당할 테니까.

"두한은 좋든 싫든 이제 계약 갱신밖에 방법이 없을 겁니다."

"그럼 이번 사건에서는 노 변호사님이 손해 보신 거 아닌 가요?"

"손해요? 제가요? 왜요?"

"하지만 벌써 60억이나 들어갔는데요?"

"어차피 보증금입니다. 돌려받을 돈이지요."

새 법에 따라 계약 기간은 2년이다.

즉, 2년 후에 노형진이 계약하지 않는다고 하면 두한은 60 억을 그대로 토해 내야 한다.

"그리고 저는 저기서 영업하지 않겠다고는 말하지 않았습 니다만?"

"네?"

"보증금을 올렸지 월세를 올린 건 아니지 않습니까? 도리 어 월세는 깎였지요."

"하긴, 그러네요."

보증금이 올라가면 월세가 깎이는 것은 당연한 일이다.

두한에서는 돈이 다급하다 보니 60억이라는 돈에 혹해서 계약을 받아들였지만, 노형진은 월세가 싸진 만큼 수익을 내 기 쉬워졌다.

"제가 왜 거기를 비워 둡니까? 적당한 가게를 오픈해야지요."

"허허, 참……."

당연히 수익이 날 테고, 노형진이 손해 볼 일은 없다.

물론 60억이라는 자금이 단기적으로 묶이기야 하겠지만

결국은 돌려받을 돈이니 문제없다.

"그런데 두한이 죄다 보증금을 올리면 어쩌려고요?"

"그렇게는 못 합니다."

그들이 10억씩 요구할 수 있었던 것은 당연하게도 차명을 이용해서 현금을 쥐고 나오는 것만 기다리고 있다고 말해 놨기 때문이다.

"하지만 현실적으로 그건 불가능하죠."

이미 시위가 시작된 이상, 계약이 안 된 상가에 굳이 10억을 주고 들어갈 이유는 없다.

"물론 보증금을 갑자기 올릴 수는 있을 겁니다. 하지만 결국 한계가 있을 수밖에 없습니다."

보증금을 올리면 갑자기 그 돈을 만들 수 있는 사람은 없다.

당연히 금융권에서 돈을 빌려야 하니 이자를 내야 하는데, 그 이자가 많아질수록 이곳의 물가는 오를 수밖에 없다.

"어느 선을 넘는 순간 사람들은 여기에 오지 않습니다. 젠트리피케이션의 전형적인 말기 증상이지요."

외부 인원이 왕창 들어와서 물가를 왕창 올려 버리는 바람에 손님들이 서서히 발길을 끊어 버린다. 그러면 상권의 몰락이 시작되는 것이다.

"여기는 딱히 관광 상권도 아니에요."

편의에 의한 상권.

그런 상권이 주변보다 압도적인 가격을 자랑하기 시작하

면 당연히 사람들은 오지 않는다.

"결국 두한은 권리금을 올리는 데 한계가 있을 수밖에 없습니다. 인상하는 행위가 상권의 몰락을 가속화한다는 걸 모르지는 않을 테고요."

결국 두한은 기존 계약을 상식적인 선에서 갱신하는 것 말고는 선택할 수 있는 방법이 없어질 것이다.

"그나저나 그 일본 자금은 어떻게 하기는 해야겠는데요?"

이번에는 실패했다지만 그 자금이 일본이나 다른 나라로 빠져나갈 가능성은 그다지 높지 않다.

'그렇다고 한국에서 마냥 돌리기에는 너무 위험한 자금이야.'

더군다나 그 돈은 한국에 적대적인 돈이기도 하다.

'일단 그 돈의 흐름부터 찾아봐야겠어.'

노형진은 그 돈이 어디에 있을까 고민하기 시작했다.

중국인의 방식

"또 누가 죽었대?"

"뭐, 하루 이틀 문제인가?"

"하긴 알 바 아니지."

사건 현장으로 모여드는 사람들.

그들은 공포보다는 호기심으로 피가 흥건한 이쪽을 바라
보고 있었다.

오광훈은 그들을 보고는 눈을 찌푸렸다.

"뭐라는 거야, 저거?"

"모르죠. 저도 중국어는 모릅니다."

"그건 알겠네. 그나저나 진짜 깔끔하게도 모가지 쳤다."

"검사님, 아무렇지도 않으세요?"

"뭐가?"

"아니, 사람 목이 날아갔는데요."

"검사 생활 하루 이틀 하나?"

"그래도 다른 검사님들은 아닌 것 같은데요."

힐끔, 좀 떨어진 곳에서 구역질하고 있는 다른 검사를 보고 수사관이 말했다.

"뭐, 경험이 문제야, 경험이 문제."

오광훈은 그렇게 말하면서 시체들을 바라보았다.

"그나저나 거참, 웃기네."

"뭐가 말입니까?"

"여기는 대한민국이야. 한국 땅이잖아. 그런데 왜 자기들끼리 자기네 땅이라고 지랄하다가 결국 이 난리를 만드느냐 이거지."

"한국 공권력이 워낙 물로 보이니까 그렇죠, 뭐."

"하긴, 그래."

중국인 조폭들의 집단 살인 사건.

두 개 조직이 한 지역의 패권을 두고 충돌해 길거리에서 도끼에 쇠 파이프, 심지어 전기톱까지 휘둘러 가면서 싸웠는데, 그 결과 사망자 열두 명, 부상자 스물일곱 명이 발생했다.

가해자들은 다급하게 도망갔는데, 대부분은 불법체류자들인지라 추적도 힘든 상황.

"아주 지랄을 해라, 쯧쯧."

한 지역의 패권을 두고 싸웠는데 패권은커녕 조직원 대부분이 죽거나 부상당하고 결국 두 조직이 양패구상 한 형태가 되어 버렸다.

"오늘 점심은 선지탕이나 먹을까?"

"검사님, 지금 고의적으로 그러시는 거죠?"

"큭큭큭."

오광훈은 수사관의 말에 피식거리면서 웃었다. 그러다 뒤에서 뭐라고 지랄하는 중국인들의 말에 눈을 찌푸렸다.

"저거 자꾸 뭐라는 거야?"

그러자 뒤에서 토악질을 하던 검사가 헬쑥해진 얼굴로 다가왔다.

"한국 놈들은 꺼지랍니다."

"뭐?"

"여기는 중국인의 구역이라고, 꺼지랍니다."

"뭔 개소리래?"

"개소리는 아니죠. 여기는 사실상 중국인 구역 아닙니까?"

오광훈은 주변을 스윽 둘러봤다. 그리고 자신도 모르게 고개를 끄덕거렸다.

"확실히 여기가 한국보다는 중국인 것 같기는 하네."

주변에 보이는 간판은 모조리 중국어였다.

한국어 자체가 거의 없고, 그나마 국가에서 설치한 시설물 정도에서나 찾아볼 수 있었다.

"이쪽 동네야 유명하지 않습니까?"

"그래도 이거 너무한 거 아냐, 사람들이 죽었는데? 살인 사건을 수사하러 온 경찰더러 나가라고 하면? 지들이 수사하기라도 한대?"

"그게 아니라, 이 지역 치안은 자기들이 담당한다 이거죠."

"잘도 그러겠다."

"검사님, 농담할 상황이 아닙니다. 여기는 경찰도 순찰 못 돌아요."

검시관을 바라보고 있던 다른 수사관이 조심스럽게 말했다.

"순찰 돌다가 칼을 하도 맞아서, 방검복 없으면 출동도 안 합니다."

"그래요?"

아무래도 이 지역을 매일 돌아다니는 수사관과 검사의 입장은 다르기에 오광훈은 그 말을 한 경찰을 바라보면서 물었다.

"그 정도로 심합니까?"

"물론 중국인들이 사는 지역이 다 그런 건 아닌데요. 여기는 유흥가 아닙니까?"

위험하고, 각 조직들이 활개를 치고 있는 구역이다.

"사람 죽이고 팔을 잘라서 경쟁 조직의 집 앞에 걸어 두는 그런 동네입니다, 여기는."

"공권력은요? CCTV는요?"

"있었지요."

그러면서 손가락으로 어딘가를 가리키는 수사관.

가로등 아래에 설치된 CCTV가 보였다.

"박살이 났네요."

"시에서도 더 이상 설치를 포기했다니까요."

워낙 우범지대이다 보니 당연히 시에서는 여기에 CCTV
를 설치했다.

하지만 설치하는 족족 박살이 났기에 결국 포기하고 고장
난 그대로 방치하고 있었다.

"이해가 안 가네. 여기만 왜 이따위예요?"

"중국인 구역이니까요."

"중국인 구역에 한두 번 가 본 것도 아니고."

"그쪽이랑은 질적으로 다릅니다."

수사관은 쓰게 웃었다.

"아마 생각보다 많이 다르다는 걸 알게 되실 겁니다, 쩝."

오광훈은 고개를 갸웃할 수밖에 없었다.

⚖

"많이 다르지. 엄청나게 다르지."

자주 가는 돼지국밥집.

오광훈이 그곳에서 겪은 일을 이야기해 주자 노형진은 고

개를 끄덕거렸다.

"중국인들이 죄다 연쇄살인마는 아니잖아. 중국인이 많은 동네가 한두 곳도 아닌데 거기는 왜 그 지랄이야?"

"음…… 사람의 질이 다르다고 할까?"

"너도 사람 등급을 나누냐?"

"현실은 현실이니까. 다 똑같을 수는 없지. 그리고 내가 말하는 질이라는 건, 등급이 아니라 성향이야."

노형진은 빈 그릇을 옆으로 밀어내면서 말했다.

"너도 알잖아, 결국 사람이 다 똑같은 존재는 아니라는 걸?"

노형진은 그렇게 말하고는 뭐라고 설명할까 하다가 마침 나오는 방송을 보고는 좋은 생각을 떠올렸다.

─두한에서는 이번에 상생 차원에서 기존 세입자들과 다시 한번 계약하기로 하였습니다. 기존에 계약을 거절한다는 것은 잘못된 정보이며 허위 사실 유포로…….

뉴스를 보던 다른 사람이 채널을 돌리자 미국 메이저리그가 보였다.

─추성수 선수, 쳤습니다! 쭉쭉 뻗어 갑니다. 따라가는 하엘 선수! 넘어가느냐, 넘어가느냐……! 넘어갔습니다! 시즌 12호 홈런! 추성수 선수, 역전 끝내기 만루 홈런! 선수들이 뛰어나옵니다!

–라이벌이었던 우타니 선수가 보면 참 씁쓸했겠는데요?

"가령 저기 메이저리그에 가 있는 추성수 같은 경우는 영어를 배우려고 엄청나게 노력하고 있잖아. 실제로 영어로 계속 인터뷰도 하고 있고."

"그렇지."

"그런데 똑같이 메이저리그에 가 있는 선수 중에 우타니라고 일본 선수가 있거든. 그 사람은 영어를 안 배워. 언제나 통역을 데리고 다니고, 인터뷰도 일본어로 하지."

'그래서 오래 못 버티지.'

우타니는 실력이 있는 야구 선수다.

추성수의 라이벌이라는 말이 한일전 때문에 붙은 게 아니다.

실제로 그의 실력은 추성수와 비슷했다.

하지만 결국 그는 메이저리그에 적응하지 못했다.

연습이나 기타 다른 상황에서는 통역을 대동해서 의사소통을 할 수 있었지만 시합 중에는 불가능했고, 결정적으로 그는 주변에 사람이 없었다.

그가 영어를 안 배우는데 영어를 쓰는 다른 선수들이 그와 어울리려고 할 리가 없었고, 결과적으로 외로움으로 인해 슬럼프가 온 우타니는 얼마 지나지 않아 다시 일본으로 돌아갔다.

"그런 차이를 말하는 거야."

"그게 이번 사건과 무슨 관련이 있는데?"

"적응과 비적응의 문제. 네가 본 다른 지역의 중국인들은 나름대로 적응하려고 노력하는 거지."

한국 사람들과 어울리면서 한국어도 배우고 한국 사회에 적응하려고 노력한다.

그런 사람들은 한국 사회에 쉽게 녹아든다.

"하지만 비적응하는 사람들은 그게 아니야."

자기들끼리 모여들고, 자기들끼리 대화하고, 자기들끼리 세력을 만든다.

"그건 국가별 인종의 문제가 아니라 개인의 문제지. 한국 인이라고 해서 안 그럴 것 같아? 당장 미국에 코리아타운이 왜 있는데?"

그렇게 어울려서 사는 게 편하기 때문이다.

사실 미국이라지만 코리아타운에서는 영어 한마디 못해도 살 수 있다.

그래서 미국으로 이민 가는 한국 사람들의 중요한 목표 중 하나가 바로 코리아타운을 벗어나는 거다.

그래야 미국 사회에 녹아들 수 있으니까.

"뭔 개소리를 하는 거야? 나는 거기에서 일어나는 범죄가 그렇게 많은 이유를 물어본 건데."

"하여간 성격은 급해. 간단하게 생각해 봐. 그렇게 배우려 고 하지 않는 애들이 지능이 높겠니?"

범죄자들의 지능이 낮다는 것은 수십 년간의 연구 결과다.

학력 같은 것의 문제가 아니라, 말 그대로 지능지수 자체가 낮아질 수밖에 없는 거다.

"자, 한국 구역에서는 월급 200만 원을 받으면서 일할 수 있어. 그런데 중국 구역에서는 140만 원밖에 못 받아. 너라면 어디 갈래?"

"당연히 한국 구역이지."

"그런데 한국어를 못하는데?"

"어? 아, 이해가 가네."

결국 한국인들과 어울려 살면서 돈을 벌기 위해서는 그만큼 배워야 한다.

한국어뿐만 아니라 한국의 질서, 한국의 문화 등등을.

"여기 돼지국밥집에서 일하는 분들 중에 중국인이 없을 것 같아?"

"있겠지."

현실적으로 요즘 이런 식당들은 중국인이 없으면 돌아가지 못하니까.

"그런 분들은 배워서 적응한 거지. 김치 담그는 법도 배우고 한국 요리도 배우고."

"그러면 중국 구역에 남은 사람들은 안 배운 거라는 거네?"

"맞아. 그게 가장 큰 차이야."

"흠, 그런데 지능은 그렇다고 쳐. 그런데 왜 그렇게 우리한테 적대적인 거야? 우리가 잡아가기라도 한대? 아니면 미국처럼 중국인이라면 일단 총질부터 하기라도 한대?"

사실 한국의 경찰이 무능하다고 소문나기는 했지만 그렇다고 해서 미국 경찰처럼 일단 총질부터 하는 건 아니다.

그런데 그런 중국 구역에 있는 사람들은 한국 경찰을 끔찍하게도 싫어한다.

"우리가 자기들을 잡아가기를 해, 뭐를 해? 우리는 우리일 하는 건데. 살인범들을 잡아가면 자기들도 안전해지고 좋잖아."

"자존감이 떨어지면 자존심만 세우는 법이거든."

"아, 또 심리학. 니미, 씨발. 검사로 다시 살아났으니 망정이지 심리학자였으면 자살했겠네."

"뭐, 그렇게 어려운 말은 아니야. 자기가 가진 게 없으니까 국뽕 빠는 거지. 한국 애들 중에도 그런 애들 많잖아."

물론 국가에 대해 자부심을 가지는 건 나쁜 게 아니다.

사실 대한민국이 내부적으로 문제가 많은 건 사실이지만 세상에 문제가 없는 나라는 없고, 한국의 현실을 전 세계적으로 본다면 분명 자부심을 가질 만한 부분도 있다.

"하지만 그게 자기들과 상관없다는 건 신경 쓰지 않는 거지."

대한민국이 세계적인 군사 강국이라고 해서 당장 내가 내일 먹을 밥이 뚝딱 생기는 것도 아니고, 군대에 말뚝 박을 것도 아니다.

당연히 일반인들에게는 군사 강국이라서 안전하고 좋다는

느낌은 들겠지만, 그걸 빨아 대면서 우리가 일본과 싸우면 점령할 수 있다느니 지금이라도 북한으로 밀고 올라가야 한 다느니 하는 소리 하는 건 인생에 도움이 전혀 안 된다.

"얼마 전에 그 중국 외교관이 한 말이 있지? 소국이 대국 에 저항해서 되겠는가? 그게 말이나 되는 소리냐?"

"당연히 말도 안 되는 개소리지. 아, 그런 거였어?"

"너도 바보는 아니라니까."

어울려서 잘 사는 사람들은 굳이 싸워서 분란을 일으키려 고 하지 않는다.

왜냐하면 여기는 일단 대한민국이고, 속으로야 무슨 생각 을 하든 한국에 좋지 않은 말을 하면 자기들에게 불이익이 온다는 걸 알기 때문이다.

당장 회사에서 중국인 직원이 한국인 직원들에게 너희 나 라는 작은 나라이니 대국을 모셔야 한다, 나는 대국의 사람 이니 너희가 알아서 기어라 같은 소리를 떠들고 다니면 과연 그 회사에서 얼마나 버틸 수 있겠는가?

"보통 사장이라면 작은 흠이라도 잡아서 잘라 버리겠지."

능력과 별개로, 그는 분란을 일으키는 성향이니까.

오래 데리고 있을수록 회사에 문제를 일으킬 사람이다.

"그리고 그런 놈들은 대부분 극렬 국수주의자가 되고. 그 런 놈들은 거기를 자기네 영토라고 생각하거든."

"영토? 뭔 개소리야? 자기네들 영토라고 주장하면 거기가 중국 땅이 되냐? 전쟁이라도 하려고?"

"뭐, 그건 턱도 없는 소리이기는 한데."

노형진은 턱을 문지르며 말했다.

"영토처럼 쓸 수는 있지."

"뭐? 그게 뭔 소리야? 거기를 중국이 지배한다고?"

"사실상 그렇게 되어 버려. 너도 들었다면서, 공권력이 안으로 들어가지 못한다고? 그러면 거기는 이상한 구역이 되어 버리는 거야."

안전 문제로 인해 한국 공권력은 들어가지 못하고, 중국은 다른 나라 공권력으로 개입을 못 한다.

"붕 떠 버리는 거지. 실제로 그런 식으로 우범지대가 만들어지는 거고."

"그러고 살고 싶나?"

우범지대가 되고 살기 팍팍해지고 매일같이 살인 사건이 터지는데 공권력을 배제한다라…….

"인간은 원래 그래. 미국의 슬럼가는 뭐 정부에서 정리하고 싶지 않아서 방치하겠어?"

사실 저항하는 사람들이 그냥 갱단만 있는 거라면, 미 정부에서 쓸어버리고 깨끗하게 정리하는 것은 어려운 일이 아니다.

하지만 대부분의 슬럼가는 '갱단+주민'의 형태로 저항하기에 경찰이 아무리 노력해도 답이 안 나오는 거다.

"베트남전 같은 상황인 거지."

누가 적인지 모르니 죄다 적으로 간주할 수밖에 없는 것이다.

"아, 골 때리네, 진짜."

"그래, 골 때리지. 그런데 문제는 이런 곳이 더 늘어날 거라는 거야."

"아니, 그건 또 뭔 소리유?"

"그러게. 뭔 소리일까?"

노형진은 그렇게 말하면서 고민에 빠졌다.

'이걸 내가 끼어들어야 하나, 말아야 하나? 확실히 곤란한 문제이긴 한데.'

단기적으로 본다면 분명 인권침해나 기타 요소가 있다.

하지만 장기적으로 본다면 국민의 안전 문제이기도 하다.

"이건 일종의 침략 같은 거거든."

"응? 뭔 소리야? 침략이라니? 진짜 전쟁?"

"그런 게 아니라, 인구수로 밀어붙이는 침략이지."

대부분의 타운의 형성은 한 나라의 주민들이 모여들면서 발생한다. 그건 나쁜 게 아니다.

사실 당연하다면 당연한 거다.

"문제는 중국인들의 성향이야."

다른 나라로 이민 가서 모여든 사람들은 그 나라에 적응하려고 노력하고, 당연히 그 나라의 법과 질서를 인정하고 따르려고 한다. 그러니 문제가 안 된다.

"하지만 세계적으로 보면 중국과 이슬람은 정반대 행동을 보이지."

중국과 이슬람은 다른 나라의 문화를 거부하는 성향이 강하다.

이슬람 쪽은 종교적인 문제로, 중국은 자신들의 국가적 자존심 문제로 그렇다.

"간단하게 말해서 이런 거야."

처음에는 소수인. 그들은 작게 모이기 시작한다.

그리고 어느 정도 세력이 되면 한 지역을 지배해 간다.

지금이 딱 그 상황이다.

"중국인들은 그 지역 내에서 토지나 건물을 한국인들과 거래하지 않아."

무조건 중국인들끼리만 거래하면서, 사실상 그 지역을 중국인들이 지배하는 영역으로 만든다.

"문제는 그다음이지."

치안이 불안해지고 중국인이 많아지면 한국 세입자들이 가장 먼저 떠난다.

당연히 빈자리를 채우는 건 중국인 세입자들.

그리고 그들이 늘어나면서, 공포감을 느낀 건물주들이 그곳을 떠나기 시작한다.

"자연스러운 거지."

만일 중국인 세입자가 월세를 지불하지 않으면?

한국인 건물주가 할 수 있는 건 별로 없다.

가서 따지려고 하면 주변 중국인들이 위협을 퍼부어 대고, 소송해서 압류하려고 해도 압류관들 역시 그러한 위협 때문에 그 지역의 근무를 극도로 회피한다.

지역 공무원들조차도 방검복을 입지 않으면 근무가 불가능한 지경인데, 하물며 재산을 압류하려고 하는 압류관들을 그들이 잘 대해 줄까?

중국인 세입자는 그들의 목을 따 버리고 중국으로 도망가 버려도 그만이다.

"당연히 질려 버린 건물주들은 거기를 떠나지. 그냥 싼값에 팔아 버려. 문제는, 그 건물들을 사는 사람이 한국인은 아닐 거라는 거야."

이때쯤 되면 사람들은 거기가 얼마나 위험한지 안다.

그 지역이나 그 근처의 건물이라면 구입을 꺼릴 수밖에 없다.

"그럼 구매자는 자연스럽게 중국인이 되는 거지."

그렇게 중국인들이 모여드는 구역이 점점 커지고, 사실상 공권력이나 국가의 행정력은 미치지 않게 된다.

"그게 일종의 침략인 거야. 실제로 그런 동네가 제법 많아."

'미래에는 더 많아지고.'

"정부에서는 그걸 그냥 두고?"

"쉽지는 않지."

실제로 서울시에서는 그러한 문제가 심각해지자 나중에는

외국인이 소유한 서울 시내의 땅의 거래를 시의 허가를 받아야 하는 허가제로 바꾸기까지 했다.

중국의 자본이 전 세계의 땅으로 몰리면서 그 지역의 땅값을 폭등시킨 데다가, 그렇게 중국인들이 들어오면 지역의 안전과 상권이 몰락하기 때문이다.

실제로 세계 대도시들은 땅값이 너무 오른 나머지 정작 원주민이던 국민들은 쫓겨나고 세입자들도 없어져서 수도 한복판이 텅 비어 버리는 사태까지 벌어지기도 했다.

'하지만 그렇게 허가제를 하는 것도 결국은 임시방편이지.'

허가제라고 해도 결국 특별한 사유가 없는 한 무조건 안 된다고 할 수는 없다.

그리고 한국에 땅을 살 정도로 돈이 있는 중국 사람이라면 그다지 문제가 되지 않는다.

중국의 특성을 생각하면 외국에서 땅을 산다는 것은 사실상 공산당원이라는 의미인데, 그 정도 재력을 가진 공산당원이 귀책사유가 잡힐 만한 건 없을 테니까.

'결국 시간이 걸릴 뿐, 지역이 넘어가는 건 확정적이라는 거지.'

물론 노형진은 인간을 차별하면 안 된다는 걸 알고 있다.

하지만 동시에 인간이 다 올바르지 않다는 것도 알고 있다.

'흠……'

노형진에게는 고민이 많아지는 밤이었다.

⚖

"뜬금없이 무슨 고민?"

손채림은 술 한잔하자는 노형진의 전화를 받고 나왔다.

노형진도 경험이 많지만 외국인을 상대한 경험 자체는 손채림이 훨씬 많으니까.

"사실은……."

노형진이 자신이 품고 있는 고민을 말하자 손채림은 당연하다는 듯 말했다.

"의외네. 네 성격 생각하면 바로 손댈 줄 알았는데. 설마 모든 인간은 평등하다, 뭐 그런 생각 하는 거야?"

"기본적으로 평등한 건 맞지. 하지만 상대는 나를 조금도 이해해 주지 않는데 나만 상대를 이해해 줄 필요는 없으니까."

중국과 이슬람의 가장 큰 문제가 그거다.

소수일 때는 이해해 달라 우리의 문화를 존중해 달라고 하지만, 다수가 되는 순간 상대방에 대한 이해나 배려를 하지 않는다.

"그런데 뭘 고민하는 거야?"

"중국 그 자체."

"응?"

"아무리 내가 힘이 강해졌다고 해도 중국은 상대하기 쉽지 않거든. 그래서 고민인 거야."

"하긴…… 중국 놈들은, 끄응…… 답 없다, 진짜."

"왜, 무슨 일이라도 있어?"

반응이 심상치 않아 노형진이 의아한 표정으로 묻자 손채림은 고개를 절레절레 흔들며 말했다.

"그래도 다른 사람들은 아스가르드에 타면 최소한의 품격은 유지하려고 하거든. 그런데 중국 놈들은 진짜 밑도 끝도 없다니까. 아스가르드가 무슨 하늘을 나는 성매매 업소인 줄 알아."

기본적으로 아스가르드는 하늘을 나는 궁전을 표방하고, 실제로 많은 파티가 벌어진다.

그리고 그 안에는 여러 사업가들뿐 아니라 셀럽들도 탑승한다.

전 세계를 비행하며 인맥을 쌓고 교류하기에 가장 좋은 장소, 그게 바로 아스가르드다.

"그런데 중국 놈들은 어떤지 알아?"

일단 비행기에 타면 이 여자 저 여자 추근거리기 시작하는 게 기본이란다.

물론 비행기에 여성을 태우는 건 사실이다.

하지만 그녀들은 어디까지나 분위기를 띄우기 위한 셀럽이나 모델이지, 성매매 업소 여자가 아니다.

"그런데 그냥 무조건 들이밀어. 타자마자 술에 곯아서는 다른 기업 회장님 딸내미 손 붙잡고 강제로 위층으로 올라가려다가 걸리기도 하고."

"난리가 났겠네."

"난리 났었지, 거래도 다 끊어지고. 그 새끼는 중국에서 퇴출됐고."

손채림은 생각만 해도 머리가 아프다는 듯 인상을 팍 찡그리며 머리를 흔들었다.

"중국 애들은 진짜 무식하다니까."

"기본적으로 경쟁이 안 되니까."

중국에서 사업한다?

자신이 스스로 잘나서 사업하는 경우는 드물다.

대부분은 당의 지원을 받아서 해야 하며, 그 지원이 끊어지면 당연히 그들도 파리 목숨이 되어 버린다.

실제로 일부 스스로 일어난 사람들은 당에 찍혀서 그대로 퇴출되거나 했다. 재산을 모조리 빼앗기고 말이다.

"음, 하긴…… 중국 문화이기는 하지."

중국 정치인들은 힘만 있으면 뭐든 해도 된다는 마인드를 가지고 있다.

"그래서 내가 고민하는 거야. 물론 공격하려고 하면 못 할 건 없지만……."

하지만 그 사실이 중국의 귀에 들어가면 중국은 어떤 식으로든 보복한다.

'당장 가수 하나가 말 잘못한 것 가지고도 보복하는 놈들이니.'

"너 중국에도 투자한 돈이 많지 않아?"

"많지. 하지만 중국 정부는 그런 데엔 신경 쓰지 않는다니까. 기본적으로 중국은 공산주의라고. 개인의 재산을 부정하잖아."

노형진이 중국에 투자한 돈이 많고 힘을 가지고 있다고 해도, 중국 정부는 그걸 빼앗을 수 있는 힘이 있다.

"당장 대동이 당한 꼴을 보면 모르겠냐?"

"대동? 하긴, 그건 그러네."

노형진의 장난에 대동은 중국에서 퇴출되다시피 했는데, 그 당시 중국 정부는 대동의 관련자들을 무차별적으로 체포하고 재산을 압류했다.

당연히 두려움에 휩싸인 근무자들이 죄다 그만두는 바람에 대동은 정산도 제대로 못 하고 나왔고, 그렇게 압류된 재산의 명의는 별의별 명목으로 중국으로 넘어갔다.

"그러니까 고민인 거지."

"그러면 말을 똑바로 해야지. 네가 고민하는 건 중국인들이 한국에서 세력을 확장하는 게 아니라 그들을 막고 싶은데 그럴 방법이 없다는 거잖아?"

"그래, 정확하네."

몰래 하는 것도 한두 번이지, 이런 경우는 그럴 수가 없다.

한국에서 땅을 사고자 하는 놈들이 한두 명도 아니고 말이다.

"더군다나 한국에서 땅을 그렇게 많이 사는 놈들은 거의 100% 중국 공산당원이라고 봐야 하니까."

그런 자들이 중국에 그런 정보를 넘기지 않을 리가 없으니 사실을 알게 되면 중국에서는 무슨 수를 써서라도 노형진을 망하게 하려고 할 것이다.

"와, 곤란하기는 하네."

"그러니 문제인 거야. 너 아니면 누구한테 이런 의논을 하겠니?"

"그렇다고 그냥 둘 수는 없고?"

"현실적으로는 그렇지. 이런 식으로 중국 손아귀에 떨어진 나라가 의외로 많거든."

물론 대부분이 빈국이라지만 그렇다고 해서 무시할 건 아니다.

"인구 폭탄이라는 게 이렇게 무서운 거다."

노형진의 말에 손채림은 고민하는 듯했다.

"나도 뭐라고 말을 못 하겠네. 내가 도와주고 싶다고 해서 뭐 도와줄 수 있는 방법이 있는 것도 아니고."

"뭐, 안 걸리게 할 방법을 찾기는 해야 하는데."

"제3자는 어때?"

"제3자?"

"외국인 명의로 그들과 경쟁하는 거야."

손채림의 제안에 노형진은 고개를 흔들었다.

"내가 왜 중국인들을 견제하려고 하는데?"

일단 중국인들이 들어오면 해당 지역의 땅값이 미친 듯이 뛰어서 정작 한국인이 갈 곳이 없어져 버리기 때문이다.

"물론 내가 싸우면 그걸 막을 수 있을지도 모르지. 그런데 두 집단이 싸우면 집값이 안 오르겠어?"

"아, 그러네."

"그러면 말 그대로 주객이 전도되는 거지."

원래 목적은 사람들의 삶의 안정인데, 정작 싸움이 붙으면 가격이 미친 듯이 오르게 될 것이다.

"그리고 네가 말한 건 기본적으로 서울의 땅을 구입한다는 거잖아."

"그렇지."

"마이스터가 서울 땅을 구입한다고 해 봐라. 그렇잖아도 미친 땅값이 더 미쳐 날뛰겠지."

땅 자체는 중국인들에게 빼앗기지 않을 수 있겠지만 정작 노형진은 막대한 손해를 보게 될 수도 있다.

땅값이 올랐다고 해서 그 가격대로 팔 수 있을 거라는 보장은 없으니까.

"그렇다고 중국인들이 계속 세력을 늘리는 건 영 달갑지 않고."

한국은 무서울 정도로 인구가 줄어드는 나라 중 하나다.

모 정치인은 그 부족한 인구를 중국인으로 받아들여서 채우자고 했는데, 이게 얼마나 멍청한 말이냐면 인구 역전 현상이 일어나는 순간 중국에서 밀고 들어올 텐데 그때 저항할 사람을 더욱 줄여 버리는 효과를 낳는 거다.

결국 그 정치인은 국민을 국가의 일원으로 보는 게 아니라 노예로 생각하기에, 노예는 외부에서 얼마든지 보충할 수 있다는 의미로 한 말이었다.

"한국 내에 있는 중국인의 숫자는 100만 명이 넘어. 절대적은 숫자가 아니지. 그런데 그들이 점점 도시를 점거하고 국가의 말을 따르지 않게 된다면, 어쩔 건데?"

전쟁하는 것과 같은 문제가 아니라 국가 내에 행정력이 발휘되지 못하는 곳이 있다는 것 자체가 상당한 위험으로 다가올 수밖에 없다.

"원래 댐은 작은 구멍에서부터 무너지는 거야."

국가의 행정력이 닿지 않으면 온갖 범죄자들과 테러범이 모여들기 마련이다.

"그리고 그곳에서 외로운 늑대들이 태어나는 거지."

외로운 늑대란 자생적 테러리스트들을 뜻한다.

현재 유럽이 그러한 외로운 늑대들이 일으킨 테러로 몸살을 앓고 있다.

그들은 단순히 테러만이 아니라 살인 등 각종 범죄까지,

별별 짓을 다 하고 다니니까.

"너도 알겠지만 ISIS의 주요 병력 보충 방법 중 하나가 그런 외로운 늑대들이잖아."

"끄응……."

그래서 어떤 사회든 외부의 세력이 들어오면 어떻게 해서든 끌어안으려고 한다.

"하지만 아무리 사회가 노력한다고 해도 이번 경우처럼 그쪽에서 거부하면 소용없지."

당장 영국이나 프랑스의 외로운 늑대들도 그들 국가에서 거부한 게 아니다.

기회를 주고 교육시켜 주고 그들의 문화를 존중해 줬지만, 그들은 자기만의 교육을 유지하며 외부의 세력을 배척했다.

당연히 그 외로운 늑대들은 자기들이 배척당했다고 생각하지만, 그들을 그렇게 만든 것은 결국 이슬람 세력이다.

"너는 그걸 걱정하는 거구나."

"그래."

어울려서 산다면? 그게 가장 좋다.

아무리 대한민국이 혈통주의가 강한 국가라고 해도 지금은 21세기다. 외국인을 아예 막을 수는 없다.

"하지만 그들이 테러범화될 가능성은 막아야지."

문제는 이런 도시, 즉 중국화된 도시는 기본적으로 그러한 외로운 늑대의 최고 자생지 중 하나라는 거다.

"음…… 그러고 보니까 이해가 안 가는 게 있는데."

"어떤 거?"

"한국에 차이나타운이 한두 곳이야? 그런데 지금까지 외로운 늑대 같은 건 없었잖아."

"그게…… 좀 다르지."

노형진은 머리를 긁적거렸다.

확실히 한국에는 차이나타운이 많다.

"대부분 중국이 아니라 대만 쪽 사람들이야."

"응? 그게 무슨 소리야?"

"우리는 원래 대만 수교국이었다고."

중국의 국공 내전 이후 패배한 국민당군은 대만으로 피신하고, 승리한 인민군은 중국을 차지했다.

하지만 그 당시 대부분의 나라들이 민주주의를 표방하던 국민당군을 인정한 상황이라, 자연스럽게 세계 각국이 국민당군과 손잡으면서 중국은 곧 대만이라 인식되었다.

"중공은 그 당시에 다른 나라를 배척했거든."

단순히 싫어한 정도를 떠나서 아예 외교 대상도 아닌 제거 대상으로 봤기에 대만이 중국으로 인정받는 건 당연한 것이었다.

"그러다가 중공이 시장을 개방하면서 상황이 바뀐 거지."

워낙 인구 차이가 크고 거기에서 벌 수 있는 돈 때문에 대부분의 나라들이 국민당, 즉 대만과 손절 하고 중공과 손잡기 시작했는데, 중공은 대만을 국가로 인정하지 않았기에 대만은 유엔에서 쫓겨나는 수모까지 당하게 된다.

"아, 그래서 대만이 우리를 그렇게 미워하나?"

"미워한다라……. 그것도 참 웃긴 건데."

전 세계에서 최후의 순간까지 대만과 거래하고 대만을 국가로 봐준 나라는 다름 아닌 대한민국이었다.

다른 나라들은 일찌감치 손절 하고 이득을 찾았지만, 대한민국은 대만을 최후의 순간까지 국가로 인정해 줬다.

"뭐, 여러 가지가 겹친 거지. 맨 마지막에 손절 했으니 그 기억이 제일 남는 것도 있을 테고, 대만이라는 나라 자체가 결국 중국인들이니까 그 성향이 비슷한 것도 있을 테고, 시기심도 있을 테고."

"시기심?"

"아시아의 네 마리의 용이라는 말이 있지. 아니, 있었지."

1990년대만 해도 아시아에서 미래를 이끌어 갈 가장 발전될 것 같은 나라로 대만과 한국, 홍콩, 싱가포르가 꼽혔었다.

"싱가포르는 성장은 했지만 상대적으로 작아서 한계를 보이고 있고, 홍콩은 고도성장한 것으로 보이지만 내부적으로는 부의 양극화나 부동산 문제 등으로 고생하고 있고, 한국은 뭐 선진국 반열에 올라갔고, 대만은 애석하게도 실패했지."

그렇다 보니 일종의 시기심이 생긴 것이다.

실제로 한국에서는 아시아의 네 마리의 용이라는 말을 이제는 안 쓰지만, 대만에서는 여전히 쓰는 말 중 하나다.

한국에서는 의미가 없는 말이 되었지만 대만은 거기에서 일종의 정신 승리를 하고 있는 것이다.

"어찌 되었건 우리가 보통 생각하는 차이나타운은 그런 대만 사람들이 모여서 만들어진 곳이야. 내가 말하는 곳은 순수 중국 사람들이 모여서 만들어진 곳이고."

즉, 대만 출신 중국인들의 경우 자유경제 시스템인 대만에서 왔기 때문에 한국의 사회에 쉽게 적응해서 산다. 딱히 문제도 안 생기고 말이다.

"하지만 중국에서 온 사람들은 지독하게 자기중심적이거든."

중국에서 지독하게 세뇌 작업을 해 놔서, 그들은 한국이 중국의 속국이라고 생각한다.

문제는 자기들이 속국에 와서 돈을 벌고 있다는 것.

"그렇다 보니 자격지심이 심한 사람들이 많아."

내 나라는 대국이고 여기는 조국의 속국인데 자기는 여기서 하찮은 일을 하면서 돈을 벌고 있다.

원래는 자신이 여기에서 대국의 형님으로 모셔지며 큰일을 해야 한다고 생각하는 사람들.

"그들이 모여들면서 집단화되고 결국 외로운 늑대가 나오는 거지."

"아…… 복잡하다, 복잡해."

"나도 복잡하다."

그냥 두자니 그러한 중국인 집결지는 미래 한국의 치안에 심각한 문제가 된다.

처음에는 작게 시작되어도, 그러한 집결지는 중국인들이 많아짐에 따라 무서울 정도로 크기를 키운다.

당장 이번 사건도 그렇다.

수십 명의 중국 출신 조폭이 도끼와 전기톱까지 휘두르며 싸웠지만 중국인들은 한국 경찰의 수사를 막고 있다.

실제로 범인들은 여전히 도주 중이며 일부를 제외하고는 심지어 신분조차 알려지지 않았다.

그걸 알기에 노형진은 고민이 많았다.

계속 모이게 두면 그들은 세력이 되고 위협이 된다.

최소한 그 지역이 제대로 굴러가게 하려면 지역 내에서 권력을 잡는 사람이 한국인이어야 한다.

"이건 역시 경찰이 나설 만한 일은 아닌 것 같다."

"그러면 누구한테 해결을 부탁하지?"

"역시 한 회장님한테 부탁해야겠는데."

"한 회장님? 그분은 조폭 출신이잖아."

"그래, 그렇지."

노형진은 고개를 끄덕거리며 말했다.

"그러니 이런 걸 잘 알겠지."

사회가 완벽하게 깨끗할 수는 없다.

어딜 가나 오폐수가 흐를 수밖에 없으니, 그 오폐수를 관

리할 수 있느냐 없느냐가 사회의 건전성을 유지하는 관건이
된다.

"그리고 난 그걸 사용해야겠고 말이야."

노형진은 마음을 굳혔다.

당 그리고 린민

"중국인 집결지에 대한 정리 말인가? 무리지."

한만우는 노형진의 말에 단호하게 거부했다.

"하지만 한 회장님 아래에는 여전히 사람들이 있지 않습니까?"

한만우의 조직은 양성화되고 다른 조직을 흡수하면서 전국구급으로 커졌다.

경찰도 그걸 모르는 바는 아니나 한만우는 결코 선을 넘는 사람이 아니었기에 그냥 두고 볼 뿐이었다.

"아직 있지. 하지만 그들이 아무리 양성화에 적응 못하고 바깥으로 나도는 놈들이라고 해도 내 손으로 죽으라고 내보낼 수는 없지 않나?"

"그런가요?"

"자네가 중국 놈들이랑 안 싸워 봐서 몰라서 그래. 그놈들은 답이 없네."

그냥 여차하면 죽이고 중국으로 넘어가면 된다는 생각이 머릿속에 박혀 있는 놈들이 태반이다.

실제로 그런 사건이 어마어마하게 많다. 드러나지 않았을 뿐.

"음…… 게임 중에 오크라는 종족이 있는데 그놈들이랑 비슷해."

"웬 오크? 회장님이 그런 것도 아십니까?"

"뭐, 옛날 조폭들에게 '린지'는 기본 옵션 아니었나? 내가 그것만 하고 있으니까 후배 놈이 요즘 게임이라고 다른 것도 알려 주긴 하더군."

"하긴."

90년대 말에 나온 '린지'는 조폭들의 국민 게임이라 불렸으니까.

그 당시에 음습한 PC방에 가면 커다란 덩치의 남자들이 담배를 뻑뻑 피우면서 '린지'를 하는 모습을 어렵지 않게 볼 수 있었다.

"그런데 여전히 그거 하시는데요?"

노형진은 그의 컴퓨터에서 돌아가는 '린지'를 힐끔 보면서 물었다.

"하하하, 대가리가 굳어서 말이지. 요즘 애들 게임은 어려워. 바닥이 어쩌고 딜량이 어쩌고. 조금 어설프게 했더니 돌아가신 우리 부모님이 다 튀어나오더군."

한만우는 고개를 절레절레 흔들었다.

"하여간 그 오크인지 뭐시기인지가 중국 놈들이랑 똑같단 말이지."

게임 내에서 오크는 어마어마한 숫자와 말도 안 되는 기술력으로 전 우주에서 깽판을 치는 종족이다.

그럼에도 불구하고 그들이 우주를 지배하지 못하는 건 자기들끼리 결집이 안 되기 때문이다.

워낙 싸움을 좋아해서 자기들끼리 싸우느라고 성장의 한계에 걸린다는 것.

"하지만 때때로 외부의 적이 나타나거나 하면 우르르 몰려간다고 하더군. 딱 중국 놈들 아닌가?"

노형진은 쓰게 웃었다.

확실히 중국인들은 평소에 자기들끼리 싸운다.

그렇지만 외부에 적이 생기면 손잡고 그들을 몰아낸다.

'그리고 다시 서로 싸우지.'

노형진이 섣불리 손대지 못하는 이유가 바로 그거다.

"우리 애들을 넣으면 잠깐은 팽팽하게 싸울 수 있겠지. 하지만 그대로 쑤시고 중국으로 들어가면 끝이야. 그리고 자네는 모르겠지만, 중국에서 가짜 신분증을 만드는 건 어려운 일이 아닐세."

돈만 주면 가짜 신분증을 만드는 건 아주 쉽다.

실제로 한국에서 범죄를 저지르고 추방된 사람이 나중에 다른 신분증을 가지고 있다가 걸리는 일은 흔하게 벌어진다.

"중국에서 해외에 나갈 수 있는 사람들이 얼마나 될 것 같나?"

그들에게 적당한 돈만 주면 기꺼이 여권을 내준다.

그 여권에 사진을 바꿔치기하고 압인만 넣으면 가짜 여권이 나오는 거다.

"하긴, 그렇지요."

한국 여성이 미국이나 유럽 등지를 혼자 여행하려고 하면 의외로 출입국 관리 사무소에서 주시하는 경향이 있는데, 그 이유는 입국 이후의 성매매를 우려하기 때문이다.

웃긴 건 한국에서 해외까지 가서 성매매하는 여성은 그다지 많지 않다는 거다.

그럼에도 불구하고 그런 이미지가 생긴 이유는, 한국 여성의 분실 여권을 중국 브로커들이 사서 그걸로 성매매 업소 여성들을 미국이나 유럽 등지로 보내기 때문이다.

그나마 한국 정도 되니까 주시의 대상일 뿐 입국 금지는 안 걸리는 거지, 중국에서 온다고 하면 상당수 사람들이 입국도 못 하고 돌아가야 한다.

"그런데 우리 애들을 밀어 넣을 수는 없지."

한만우는 단호하게 말했다.

"그렇다고 우리가 무장을 더 한다? 그게 말이 될 거라고 생각하나?"

저쪽은 도끼에 전기톱 등 사람을 죽이기 위한 모든 걸 쓴다.

무장을 더 한다고 해 봐야 그들에게 이길 수 있을 정도라면 결국 총기인데, 총을 쓰는 순간 경찰에서 한만우 측을 죽이려고 달려들 건 당연한 일.

"하여간 난 내 동생들을 사지로 몰 생각은 없네."

"아, 사지로 몰라는 게 아닙니다. 그들과 싸워 달라는 것도 아니고요."

"뭐? 그게 무슨 말이야?"

"제가 중국인들의 성향을 몰라서 하는 말이 아닙니다."

기본적으로 중국인들의 성향에는 의리라는 게 없다.

'꽌시'라는 말로 표현되는 그것을 누군가는 의리로 해석하기도 하지만, 사실 그건 의리라기보다는 금전적 이득을 위한 결탁으로 보는 게 맞다.

만일 돈이 안 되거나 자신에게 피해가 온다면 수십 년간의 관계도 가차 없이 잘라 버리는 게 중국인이다.

'나중에 6.25전쟁 70주년 사건도 그렇고.'

6.25는 명백하게 중국의 한국 침략 중 하나였다.

그럼에도 불구하고 한국에서 연예인 활동을 하는 중국인들은 자칭 항미원조 70주년을 축하한다면서 사실상 중국의 대한민국 침략을 환영한다는 뜻의 말을 계속했었다.

같이 속해 있는 멤버들과의 의리?

그동안 자신이 성공할 수 있게 해 준 한국 사회와 기업에 대한 의리?

그런 건 없었다.

그들은 대한민국 국민들이 학살당한 것을 축하한다며 글을 올리고 중국으로 가서 막대한 부를 거머쥐었다.

'상대방이 사람답게 행동하지 않는다면 이쪽도 똑같이 행동해 줘야지.'

물론 그들처럼 산 채로 사람을 토막 내거나 하는 짓을 하지는 않을 것이다.

"제가 원하는 건 중국을 배신할 사람을 찾는 겁니다."

"응? 중국을 배신할 사람?"

"네. 중국에는 이런 말이 있지요. '사기를 친 놈이 나쁜 게 아니라 사기를 당한 놈이 멍청한 거다.' 중국인들의 전형적인 성향을 이야기하는 거지요."

"그 말은 나도 들어 봤네. 그런데 중국을 배신한다는 건 뭔 소리인가? 설마 양심선언 같은 걸 하는 사람 말인가?"

노형진은 고개를 흔들었다.

양심선언을 한다고 해서 그들을 모두 막을 수 있는 것은 아니다.

그리고 어찌 되었건 건물을 사고파는 건 합법의 영역에서 벌어지는 일이니 딱히 문제를 해결하긴 어렵다.

"제가 원하는 건 명의를 빌려줄 사람입니다."

"명의를 빌려줄 사람?"

"네. 중국인들은 거래할 때 자기들끼리만 하니까요."

"그거야 어렵지 않게 구할 수 있지 않나?"

한만우는 고개를 갸웃하며 물었다.

현실적으로 노형진이 그런 사람을 못 구해서 자신에게 찾아왔다는 건 이해가 되지 않았으니까.

"저는 변호사니까요."

"응? 그게 무슨 소리야?"

"중국인들이 왜 한국의 공권력을 무서워하지 않는지 아십니까?"

"그거야 상식 아닌가."

중국에서는 끌고 가서 죽여 버려도 누구도 찍소리 못 하는 게 공권력이다.

하지만 한국은 그게 아니다.

설사 경찰을 죽여도 길어 봐야 10년 형이고, 한국의 교도소는 아주 편하다.

먹여 주고 재워 주고 입혀 준다.

더군다나 규칙을 지키려고 하면 힘들겠지만, 아예 지킬 생각조차 없다면 교도관들을 괴롭히면서 편하게 살 수 있다.

실제로 연쇄살인마가 교도관들을 노예로 쓰면서 아주 편하게 살고 있다는 것은 제법 유명한 일이었다.

"한국의 공권력이 그들에게 줄 수 있는 피해는 거의 없습니다. 기껏해야 편한 교도소에서 인권 운동가들의 수발을 받으면서 느긋하게 조금 살다 나오는 게 끝이지요."

"이해가 가는군. 그러나 자네는 변호사라 이거지?"

"맞습니다."

노형진은 변호사다.

물론 힘도 있고 권력도 있다. 그러나 변호사라는 특성상, 어찌 되었건 움직일 수 있는 영역에는 한계가 있을 수밖에 없다.

"물론 제가 죽이려고 한다면 어렵지는 않겠지요."

그만한 힘이 있으니까.

그러나 노형진은, 선은 가능하면 넘지 않으려고 노력하고 있다.

한 번 넘어선 선은 두 번도 넘을 수 있고, 두 번은 세 번이 되기도 쉽다.

"제가 대한민국을 뒤에서 조종하려고 하면 못 할 건 없습니다만……."

하지만 그러지 않기 위해 노력한다.

"자네가 정면에 나서면 만만해 보일 거라 이거군."

변호사인 노형진이 구한 사람을, 과연 믿을 수 있을까?

수년을 같이 일한 동료들의 뒤통수에 칼을 찔러 넣는 게 중국인들의 습성이다.

"아마 제가 나서면 장난치는 놈이 있겠지요."

100%는 아니지만 건물이 자기 명의인 만큼, 홀랑 팔고 중

국으로 튈 가능성이 아주 크다.

"변호사로서 그 돈을 찾기 위해서는 온갖 방법을 다 써야 합니다."

일단 중국 법원에서 인정해 줄지도 모르는 일이고, 설사 인정해 준다고 해도 돈을 다시 찾아오는 건 또 별개의 문제다.

곱게 돌려줄 리는 없으니까.

"하지만 조폭이 끼면 이야기가 달라지지요."

"우리를 두려워한다 이건가?"

"아니요. 제가 말하는 건 그런 게 아닙니다. 조금 두렵다고 해서 뒤통수 치고 중국으로 도망가지 말란 법은 없으니까요. 건물입니다. 작은 가게도 아니고 수십억인데, 그게 쉽겠습니까?"

"그러면?"

"여권을 빼앗아서 관리하는 놈들요. 있지요?"

한만우는 살짝 당황했다. 그러나 이내 고개를 끄덕거렸다.

어차피 노형진도 다 아는 거고, 자신들이 뭐 깨끗한 인간들도 아니다.

서로 아는 건데 굳이 깨끗한 척할 필요는 없다.

"여권을 빼앗아서 관리하는 놈들이 있기는 하네."

노형진이 말하는 대상은 다름 아닌 중국인 노동자들이었다.

그런데 언제나 그렇듯 질이 떨어지는 놈들이 있기 마련이다. 그건 한국인도 그렇고 중국인도 그렇다.

"아무래도 열악한 환경이다 보니까."

특히 여권은, 원래 당사자 보관이 원칙이다.

그런데 한국의 악덕 고용주들은 종종 여권을 빼앗아서 자기들이 관리한다.

왜 그러냐면, 그렇게 해야 도망가지 못하기 때문이다.

여권이 없으면 출국이 안 된다.

물론 중국 대사관에 가서 여권을 분실신고 하고 재신청하면 나오기는 하겠지만 한국에 중국 대사관은 하나뿐이니, 결국 움직일 수 있는 동선이 하나밖에 남지 않는다는 점에서 도주가 불가능해진다.

더군다나 그렇게 여권 분실로 일단 출국하게 되면 들어와서 다시 취업하는 건 또 다른 문제가 된다.

또 그런 기업들은 대부분 도심이 아니라 머나먼 지방에 있기 때문에 그 지방에서 서울까지 오는 것도, 여권이 재발급되는 기간 동안 숨어 있는 것도 문제다.

"그런 놈들이 있기야 하지. 자네는 모르는 게 없군."

"모르면 변호사를 못 하지요. 그런 놈들에게서 여권을 사고 싶습니다."

"흠, 확실히 그러면 도망은 못 가지."

여권이 이쪽에 있는 이상 도망은 못 간다.

그럴 수밖에 없는 게, 일단 여권에는 인적 사항이 다 기록되어 있기 때문에 도망간다고 해도 추적할 수 있기 때문이다.

"물론 법적으로 추적한다면 한계가 있지요. 하지만 조직 폭력배들과 연관되면 이야기가 달라집니다."

그들은 조직폭력배라고 하면 중국의 삼합회 같은 조직을 생각한다.

실제로 중국에서는 그런 조직의 살인이나 보복이 흔하게 일어나는 편이다.

물론 한국의 조폭들이라고 깨끗한 건 아니지만, 그들만큼 위협적이지는 않다.

"하지만 중요한 건 그게 아니지요. 조폭, 그러니까 삼합회라고 소개한다면?"

"배신은 꿈도 못 꾸겠군."

"솔직히 회장님 조직에도 중국계 조직원이 있지요?"

한만우는 순순히 고개를 끄덕거렸다.

"요즘은 어딜 가나 그렇지. 웃기지만 말이야, 이 바닥도 결국 사회의 일부거든."

사방에 중국인들이 넘쳐 나는데 조폭 중에는 없을 리 없다.

실제로 사회가 발전할수록 하위 계층은 외국인 노동자들이 채우는 게 일반적이다.

더군다나 한만우의 조직은 양성화된 조직.

그런 변화에 따라가지 못하고 아직까지 조직에 남은 사람들 중에는 한국 사회 전반에 대해 적응하지 못하고 있는 이들이 많았다.

"저는 그들을 이용하고 싶은 겁니다."

중국인으로서 중국어를 하고 여권을 쥐고 있다면, 그들은 당연히 삼합회원이라고 생각하게 된다.

"법보다 주먹이 가깝다 이건가? 변호사는 그런 생각을 안 해야 하는 거 아닌가?"

"하하하, 현실이라는 게 그런 거죠."

법보다 주먹이 가깝다. 그건 반은 틀린 말이고 반은 맞는 말이다.

상대방이 끝장을 볼 성격이 아니라면 결국 법을 이용해서 이길 수 있다.

하지만 상대방이 끝장을 보거나 저질러 버리고 도망가는 타입이라면?

아무리 법이 노력해 봐야 결국은 법보다는 주먹이 가까울 수밖에 없다.

"중국은 그런 나라들의 대표 격이지요. 물론 그들에게도 나쁜 건 아닐 겁니다."

"어째서 말인가?"

"제가 삼합회인 척하자고 했지 그들처럼 행동하자고 하지는 않았습니다. 적당한 보상을 해 줄 생각입니다."

"적당한 보상? 한 1억쯤 쥐여 줄 생각인가?"

"네, 맞습니다."

"그러면 충분히 하겠다고 하겠군."

그렇게 여권까지 빼앗아서 일 시키는 놈들은 돈도 제대로 주지 않는다.

설사 준다고 해도 박봉에 시달리게 한다.

대부분의 경우 그런 놈들은 사람을 데리고 있다가 월급을 줄 때가 되면 밀입국이나 불법체류로 신고해서 쫓아내 버린다.

"중국에서 1억이면 어마어마하게 큰돈이지요."

물론 도심에 들어가면 그 정도는 아닐 수 있겠지만, 이런 곳에 일하러 와서 그런 기업에 잡혀 버리는 사람들은 대부분 농민공 출신이다.

그리고 한국에서의 1억은 중국에서 5억이나 6억 정도의 가치를 가질 수 있다.

"하지만 그러면 자네가 손해를 많이 보는 거 아닌가?"

'딱히 손해는 아닌데.'

얼마를 주든 노형진에게는 하루 치 수입도 되지 않는다.

하지만 그걸 사실대로 말할 수는 없는 노릇.

"걱정하지 마세요. 건물의 가격이 오를 테니까."

"음? 가격이? 하긴, 이해가 가는군. 중국인들이 떠나면 거기 가격은 오를 수밖에 없지."

기본적으로 그런 곳의 건물의 가치가 떨어지는 이유는 간단하다.

우범지대에서 살고자 하는 사람들이 없으니까.

"그런데 그들을 통해 건물을 사서 쫓아낸다 해도 나갈까?"

한만우는 솔직히 부정적이었다.

그는 하류 인생에 대해 너무나 잘 알고 있었고, 건물주가 바뀐다고 해서 딱히 뭐가 달라질 거라고 생각하지도 않았다.

"자네가 그 동네를 다 살 것도 아닐 테고. 물론 그러면 가능할지도 모르겠지만, 그게 가능할 리가 없지 않나?"

"아, 물론 다 살 수는 없지요."

노형진은 고개를 끄덕거렸다.

"하지만 그러지 않아도 되는 계획이 있습니다. 회장님은 건물을 살 수 있게 명의를 빌려줄 사람들만 구해 주시면 됩니다."

한만우는 고개를 끄덕거렸다. 어려운 일은 아니었으니까.

얼마 후 한만우는 노형진의 부탁대로 그런 기업을 찾아내서 적당히 협상을 했다.

물론 그 협상이라는 게 커피 한잔하면서 좋게 좋게 대화한 게 아니라는 것쯤은 노형진도 안다.

'하지만 뭐 어쩌겠어.'

그 사장 놈이 좋은 사람도 아니고 사람을 노예로 써먹던 놈인 만큼, 노형진도 그들이 사람을 못 구해서 망하든 말든 신경 쓸 생각이 없었다.

"저기, 우리는 어떻게 되는 겁니까?"

후줄근한 옷을 입은 남자들과 여자들은 공포에 벌벌 떨고 있었다.

일하고 있는데 갑자기 건장한 사내들이 와서 자신들을 강제로 끌어냈다. 그리고 차량에 태우고 어디론가 향했다.

도착한 곳은 어떤 합숙소 같은 곳.

그들에게 있어서 이러한 일은 보통 두 가지 가능성을 품고 있다.

하나는 월급 한 푼 받지 못하고 중국으로 추방되는 경우.

다른 하나는 사장이 자신들을 폭력 조직에 넘겼거나 하는 경우. 그런 경우 운 좋으면 노예, 운 나쁘면 장기 밀매였다.

"입 안 닥치니? 시끄러운 놈들부터 빼낼 끼야."

그 순간 들려온 중국 말.

그러자 다들 얼굴에 공포가 서렸고, 여자들은 주저앉아서 울기 시작했다.

만일 추방하기 위해 넘긴 거라면 한국어를 하든가, 중국어를 하더라도 저런 식으로 이야기하지는 않았을 테니까.

결국 남은 건 단 하나뿐이었다.

"아이고!"

"내가 한국에 와서 이렇게 죽는구나!"

"이보시오. 제발 한 번만 살려 주시라요. 중국에 우리 자식들이 나 기다리고 있소."

애원하는 사람들.

그런 그들에게 한만우의 조폭들은 가차 없이 말했다.

"우리도 먹여 살릴 처자식이 있어서. 미안하네."

"각방으로 몰아넣어."

"안 돼!"

"제발 살려 주시라고요!"

시골의 거의 망해 가는 모텔을 빌린 덕에 주변에 사람은 없었고, 방마다 한 명씩 집어넣는 건 어렵지 않았다.

"불편하지 않나?"

좀 떨어진 곳에서 그 장면을 지켜보던 한만우는 노형진에게 물었다.

"불편하지요. 하지만 필요악이라고 생각합니다."

물론 단순히 명의만 빌리는 거라면 자세히 설명을 해 줘도 된다.

당연히 그들은 1억이라는 돈 때문에 처음에는 빌려줄 거다.

"하지만 그 대신에 이쪽은 중국 범죄 조직이 아니라고 생각하겠지요."

당연히 헛생각하는 사람들도 있을 거다.

"적당한 거래에는 채찍과 당근이 같이 필요한 법입니다."

"때때로 자네를 보면 참 잔인하다 싶어."

"조직폭력배셨던 회장님이 하실 말은 아닌 것 같은데요? 그리고 아시잖습니까? 아무리 좋은 목적으로 한다고 해도 당근만으로는 아무것도 안 됩니다."

더군다나 상대방이 믿을 수 없는 대상일 경우는 필요에 따라 협박도 해야 한다.

"일단 겁은 확실하게 먹은 것 같네요."

거의 노예로 팔려 오다시피 한 그들이다.

당연히 겁먹을 수밖에 없다.

"이제 남은 건 친인척들을 털어 내는 겁니다. 그래야 배신을 못 하지요."

여권에는 주소를 비롯한 모든 인적 사항이 다 적혀 있다.

물론 돈을 가지고 도망갈 경우 그 주소로 가지는 않겠지만.

"하나 친인척들의 주소를 알게 되면 이야기가 달라지지요."

물론 친인척들도 배신할 수 있겠지만, 반대로 친인척들이 그가 갈 만한 장소를 알려 줄 수도 있다.

"철두철미하게 하는군."

"어차피 시작한 일입니다. 제대로 할 수 없다면 시작도 하지 말아야지요."

노형진은 조용히 말했다.

"이제 남은 건 저들을 털어 내는 것뿐입니다."

⚖️

그들을 가둬 두고 며칠에 걸쳐서 그들의 기억과 친인척과 모든 정보를 캐냈다.

누군가는 이게 비인도적이라고 생각할지도 모른다.

'하지만 이게 탈북한 사람들에게 하는 표준 절차라는 건 잘 모르겠지?'

그렇게 며칠간 심리적 압박을 하면서 계속해서 했던 말을 시키고 또 시키면, 거짓말을 한 경우 어딘가 어긋날 수밖에 없다.

그 부분을 파고들면서 추궁하는 것이 간첩을 찾아내는 과정이다.

'그리고 그 심리적 압박감은 엄청나지.'

한 번만 물어보는 게 아니라 계속해서 묻고 묻고 또 묻다 보면 대답하는 사람은 자신이 혹시라도 잘못 안 게 아닐까, 자신이 거짓말한 게 드러난 게 아닐까 하고 점점 두려워하게 된다.

그리고 그게 쌓이고 쌓여서 결국 거짓말을 못 하게 될 때 쯤, 노형진은 그들에게 사탕을 내밀었다.

"대충 보니 당신은 믿을 만한 사람인 것 같군요."

"한 번만 믿어 주시라요. 내 절대 거짓말 안 하겠수다."

북한식 발음을 하는 남자는 격하게 고개를 끄덕거렸다.

고향이 흑룡강성이랬던가 그랬다.

확실히 그쪽 사람이라면 북한 말투가 이상하지는 않다. 북한과 가까운 지역이니까.

"당신은 사실대로 말했으니 기회를 드리지요."

"내 절대 거짓말 안 하겠수다."

"당신 명의를 빌려주시면 우리가 그걸 가지고 뭐 좀 하고 싶은데."

그 말에 남자는 흠칫했다.

"물론 거절하시면."

노형진은 그렇게 말하면서 슬쩍 문 쪽을 곁눈질했다.

문 쪽에는 이미 한만우의 사람들이 지키고 있다.

'뭐, 거절은 못 하겠지만.'

벌써 열 명이 넘는 사람들을 만났지만 누구도 거절하지 못했다.

다른 사람들이 어떻게 되었는지, 거짓말해서 장기가 털린 건 아닌지 알 수 없는 상황에서 자신이 살 수 있는 기회라고 생각하면 거절하는 사람은 없다.

"물론 그에 대한 대가는 지불하지요."

"대가요?"

"1억 정도면 어떻습니까?"

순간 남자의 얼굴에 탐욕이 어렸다.

1억. 절대 작은 돈이 아니다.

한국인들도 1억을 순수익으로 벌기 위해서는 수년을 일해야 한다. 하물며 평생 동안 그 돈을 못 모으는 사람도 있다.

그런데 중국인에게 1억?

아마도 저 사람이 그 악독한 사장 아래서 10년을 일해도 못 벌 돈이었을 것이다.

'아마도 돈 한 푼 받지 못하고 쫓겨나는 사태가 벌어졌겠지.'

하지만 이미 여권을 빼앗겼기에 어떻게 할 수 없었을 것이다.

'이런 게 바로 전화위복이라고 하지.'

그는 그렇게 생각할 테니, 당연히 기회를 잡고 싶어 할 것이다.

"진짜입니까?"

"제가 당신한테 거짓말해서 뭐 하죠? 솔직히 지금 당장도 1억쯤이야 못 벌 건 아닙니다만…….."

그렇게 말하며 노형진은 고의로 눈빛에 탐욕을 담아서 남자의 위아래를 살폈다.

그러자 그 시선에 남자는 흠칫했다.

순간 자신이 어떤 상황인지 바로 알아차린 것이다.

"시키는 대로 하겠습니다."

"좋습니다. 그러면 거래를 할까요?"

노형진은 씩 웃었다.

⚖

그렇게 포섭한 사람들.

그들을 이용해서 노형진은 중국인 구역에 매물로 나와 있는 집들을 모조리 구입했다.

다행히도 매물은 주택부터 빌딩까지 다양했고, 또 많았다.

그렇기에 구입해서 모으는 건 어려운 일이 아니었다.

그중에는 적당한 빌딩도 있었다.

"이걸 리모델링한다고 쫓아낼 건 아닐 테고."

"그럴 리가요. 그런다고 해서 나갈 놈들도 아닌데요."

"그러면 이제 어쩌려고?"

"바쁘신 분이 이렇게 따라다니셔도 됩니까?"

"뭐, 내가 바쁠 게 있나? 다 아래에서 하는 거지."

한만우는 순순히 인정했다.

"나 같은 조폭들이 알아봐야 얼마나 알고, 도와줘 봐야 얼마나 도와주겠는가? 나만 해도 간신히 까막눈만 넘어간 수준인데 아래에서 잘하겠지."

"조폭 같지 않은 말씀을 하시네요."

"그러니까 양성화를 했지. 계속 조폭처럼 굴었다면 지금쯤 여기가 아니라 감방에 가 있겠지."

"틀린 말은 아니네요."

노형진은 고개를 끄덕거리면서 한만우를 바라보았다.

"이제 필요한 건 형님의 조직원들입니다."

"어허, 자네에게 이미 몇 번이나 말했지만 난 중국 애들하고 전쟁하고 싶지 않다니까! 놈들은 말이 안 통해. 그런 놈들을 상대로 우리 애들을 희생시키진 않을 거네."

"사지가 아니라 영광의 길인데요?"

"영광의 길?"

노형진은 고개를 갸웃했다.

"따라와 보세요. 그렇잖아도 보여 드릴 생각이었습니다."

노형진은 그를 데리고 건물 안으로 들어갔다.

건물의 맨 위층은 비어 있었다.

애초에 상권이 그리 활성화되지 않아 그 높은 곳까지 회사가 들어오긴 어려웠다.

"어? 이건 뭐야?"

노형진을 따라 맨 위층을 걷던 한만우는 사무실 문에 붙어 있는 이름표를 보고 고개를 갸웃했다.

"대한민국 린민자경단?"

"네, 아, 인민이라고 쓸까 했다가 린민이 더 느낌이 있어서 그렇게 썼습니다. 뭐, 여기에 한국 사람들이 올 것도 아닌데 누가 뭐라고 하겠습니까?"

"여기는 뭐 하는 곳인가? 자경단이랑 협상해 보려고?"

"그게 아닙니다. 여기 자경단이 바로 회장님의 부하들이 들어올 곳입니다."

"뭐? 여기가 조폭 사무실이라도 된단 말인가?"

"싸우지 않는다니까요. 일단 들어가시죠."

노형진은 그를 데리고 사무실 안으로 들어갔다.

그 안은 그럴듯하게 꾸며져 있었다.

사무실 한쪽에는 취침실도 있고 여러 가지 장비들도 있었다.

"녹음기와 녹화 장비? 아니, 여기 자경단 사무실이라면서? 도대체 뭐 하는 곳인가?"

노형진은 씩 웃으며 말했다.

"중국은 위대한 나라다, 중국은 대국이다, 한국은 대국인 중국에 꿇어야 한다. 그게 여기 중국인들의 생각입니다. 그래서 자기들끼리 세력을 만들고 점점 불려 가지요."

"했던 말 또 하지 말고."

"하지만 그 안에는 한 가지 숨겨진 감정이 있습니다."

"숨겨진 감정?"

"중국이 두렵다. 그게 그들의 본심이지요."

아무리 지능지수가 높지 않다고 해도 삶의 방식에 있어서의 차이를 느끼지 못할 리가 없다.

만일 한국이 너무 살기 힘들다면, 그리고 돈을 못 번다면 그들은 지금이라도 한국을 떠나서 중국으로 돌아갈 것이다.

실제로 중국에서 돈을 잘 벌 수 있는 인간들은 한국으로 오지 않는다.

"당장 한국에서 연예인으로 활동하다가 배신하고 중국으로 가는 애들 마인드가 그거죠."

한국보다 중국에서 돈을 더 잘 벌 수 있으니까, 배신하고 그냥 중국행을 선택하는 거다.

"그들이 한국에 굳이 남으려고 하는 건 당연하게도 한국에서 돈을 더 벌고 싶다는 열망 때문입니다."

"그런데 자경단하고 그거하고 무슨 관계가 있는데?"

"무능하고 미래가 없는 독재국가일수록 가장 두려워하는 것이 민중의 반발입니다."

실제로 대한민국이 민주국가가 아니라 독재국가였던 시절, 정부와 정권은 어떻게 해서든 국민들을 때려잡는 데 혈안이 되어 있었다.

범죄자를 잡아서 치안을 확보한다는 의미가 아니다.

죄가 없는 국민들을 때려잡아서 실적을 채우고 공개 처형하다시피 함으로써 국민들에게 두려움을 심고 저항하면 죽는다는 마인드를 가지게 만들었다.

"지금 중국이 딱 그렇지요."

"음…… 그건 그렇지."

실제로 절대 권력을 자랑하는 대부분의 독재국가는 그런 부분을 이용한다.

특히 한국에서는 아이들을 가르치거나 야학을 운영하던 대학생들을 잡아다가 빨갱이라고 고문해서 죽였다.

그들로 인해 국민들이 똑똑해지면 지배하기 힘들어지기 때문이다.

"그 당시 정권들은 국민들이 똑똑해진다는 걸 절대 용납할 수가 없었습니다. 그래서 우민화정책은 독재국가들의 가장 기본적인 전략 중 하나였지요."

"그래서?"

"만일 여기서 자경단이 만들어지고 중국에 절대적 충성을 한다면 어떨까요?"

"미친놈들 아닐까?"

"미친놈들은 아니죠. 사실 엄밀하게 말하면 그들은 조국에 충성할 뿐입니다."

"음······ 난 모르겠네."

한만우는 고개를 흔들었다.

그런 식으로 했을 때의 결과를 예상할 수 있었다면 그는 조폭이 아니라 정치인이 되었을 것이다.

"비슷한 시기가 있었습니다."

"비슷한 시기?"

"바로 6.25전쟁 때였지요."

6.25전쟁 당시에 북한군은 점령 지역에서 누군가에게 완장을 주고 사상에 반대하는 자들을 처벌하라고 했다.

반대로 한국군 역시 자신들의 점령 지역에서 사상에 반대하는 자들을 처벌하라고 했다.

결국 양측에서 그렇게 국민들에 대한 사상 검증과 집단 학살이 벌어졌다.

"중국에서도 비슷한 게 있습니다. 홍위병 사건."

당, 아니 그 당시 지도자의 명령에 따라 옛것을 모조리 부순다는 신념으로 움직였던 홍위병들.

그로 인해 중국의 문화유산은 대부분 박살 났고 교육자, 과학자, 의사 등등 부르주아로 분류되는 지식인들이 모조리 처형당하면서 현재 중국의 사상적, 지식적 빈곤의 원인이 되었다.

"저는 그걸 여기에서 재현해 볼 생각입니다."

"그러면 여기는 사실상 작은 중국이 되는 것 아닌가?"

노형진의 의도를 여전히 이해하지 못한 한만우는 눈을 찡그리며 대꾸했다.

"맞습니다. 저는 여기를 작은 중국으로 만들 겁니다. 기본적으로 차이나타운하고는 다르지요."

차이나타운은 한국에 있는 중국인, 정확하게는 대만인들의 집결지 같은 느낌이다.

한국 내부이기는 하지만 한국과 어우러져 있고 한국 사람들이 놀러 가는 그런 곳.

"하지만 여기는 한국 사람들이 두려워서 접근도 안 합니다. 근본적으로 다르지요."

"그래서 뭐가 달라지는데?"

"두고 보시면 압니다."

자신 있게 말하는 노형진의 모습에 잠시 생각에 잠겼던 한만우는 포기한 듯 한숨을 푹 쉬었다.

"좋아, 자네를 믿어 보지. 하지만 그런다고 해서 우리 애들이 얻을 게 뭐가 있나?"

"공산당원으로 만들어 준다고 하세요."

"뭐?"

"중국에서는 공산당원 자체가 엄청난 권력입니다."

한국에서야 특정 당의 당원이 되고 싶다면 이름을 올리면 그만이고, 권리 당원이 되려면 작게라도 당비를 내면 된다.

"하지만 중국에서 공산당원이 된다는 것은 일종의 귀족이 된다는 뜻입니다."

중국의 인구는 13억 명이 넘는다.

그런데 중국 공산당원의 총숫자는 9천만 명이 되지 않는다.

대략 비율로 보면 11 : 1 정도?

"중국에서 공산당이 되기 위해서는 어마어마한 노력이 필요합니다. 지금의 당서기조차도 젊은 시절에 공산당원이 되기 위해 아홉 번의 재수를 거쳤다는 건 딱히 비밀도 아니지요."

"허? 그랬나?"

"네, 중국인들에게 있어서 공산당원이 된다는 건 권력을 쥔다는 의미입니다."

"그런데 우리 애들을 공산당원을 시켜 주겠다?"

"솔직히 지금 당장이야 여기서 그러고 있지만 언젠가는 중국으로 돌아가야 하는 처지들 아닙니까?"

한만우는 어느 정도 인정했다.

중국 출신 중에 조직에 속해서 일하는 사람들이 있기는 하지만 그들도 언젠가는 중국으로 돌아가야 한다.

"그러니 제가 그들을 위해 힘써 주지요. 중국에서 당원 자격을 얻을 수 있을 겁니다."

"그리고 그들이 여기서 당원으로서 활동한다 이 말인가?"

"네."

"흠…… 그런다고 해서 이쪽 동네가 사라질지 모르겠지만, 일단 이야기는 해 보겠네."

"아마 적잖이 지원할 겁니다."

노형진의 말에 한만우는 미심쩍은 얼굴이 되었지만 더 이상 묻지는 않았다.

완장질을 시켜 주마

공산당원 자격을 준다는 말에, 한만우의 의구심이 무색할 정도로 생각보다 많은 사람들이 모여들었다.

무려 백여 명. 보아하니 딱히 싸울 일도 아니라고 하니 너도나도 자기 친구들을 데리고 온 모양이었다.

"여기서 일하면 당원의 자격을 받을 수 있다는 게 사실입니까?"

"그게 가능합니까?"

"가능합니다. 과거라면 몰라도 지금은 가능하지요."

공산당원이 되기 위해서는 충성을 증명하고 여러 가지 절차를 밟아야 한다.

당연히 과거라면 그건 불가능한 일일 것이다.

'하지만 자본주의가 들어가면 이야기가 달라진단 말이지.'

적당한 뇌물을 바치고 실적을 보여 준다면 당원 자격을 얻는 것은 어려운 일이 아니다.

"여러분이 지금부터 당원 자격을 얻기 위해 해야 할 것이 있습니다."

"뭘 하면 됩니까?"

"바로 감시입니다."

"감시?"

"신분을 드러내지 마시고 여러 곳을 돌아다니십시오. 식당도 괜찮고, 사람들이 많이 모여서 수다를 떠는 곳도 괜찮습니다. 친구처럼 위장해서 어울려도 됩니다. 필요한 자금은 제가 대 드리도록 하지요."

"정확히 뭘 하라는 뜻입니까?"

"당에 불만을 가진 사람들에 대해 조사하고 그들의 대화를 녹음해서 그 증거를 가지고 오시면 됩니다."

"네?"

노형진의 설명을 듣던 사람들은 당황해서 되물었다.

"당분간 조용히 돌아다니면서 여기에 있는 중국인들의 불만을 모아 오시라는 겁니다."

"그게 끝이라고요?"

"아니면 뭐, 정말 싸움이라도 하시게요?"

그건 절대 안 될 말이다.

그랬다가는 진짜로 이들이 죽어 나갈 수도 있다.

"저는 여러분이 다치는 걸 원하지 않습니다."

"그런데 왜 저희한테 그런 걸 시키시는 건지?"

"공산당원이 되기 위해 필요한 충분한 양의 공적을 만들어 드리려는 겁니다."

"그냥 그렇게만 하면 진짜 우리를 당원으로 만들어 주는 겁니까?"

"그렇습니다."

몇몇 사람들은 미심쩍은 얼굴이 되기는 했다.

하지만 다음 말에 다들 고개를 끄덕거렸다.

"그 기간 동안에 생활비는 제가 내드리겠습니다. 생활공간도 이미 확보되어 있으니 그냥 와서 사시면 됩니다."

차명을 이용해 이미 구입해 놓은 주택들이 널려 있었는데, 모두 노형진이 이들을 위해 준비한 공간이었다.

"여러분은 그냥 주변만 잘 감시해 주시면 됩니다."

"알겠습니다."

어차피 생활하기 위해서는 돈이 필요했던 이들이다.

육체노동을 해야 하는 것도 아니고 싸워야 하는 것도 아니고 그냥 감시만 하는 거라면 조금도 어렵지 않다.

그런데 심지어 먹여 주고 재워 주고 돈까지 준다면 무조건 해야 한다.

"진짜로 그것만 하면 되는 거지요?"

"네."

당에 불만을 가진 사람들이 누군지 체크하고 대화를 녹음하거나 녹화해서 이곳에 자료를 보관만 하면 된다는 거다.

"음…… 이해가 안 가기는 하지만……."

그들은 고개를 끄덕거렸다.

"돈 주신다면야 해야지요."

중국인들이 가장 좋아하는 것은 돈.

그리고 노형진은 그걸 미끼로 이들을 통제할 수 있었다.

"조금만 기다리시면 아마 좋은 소식이 있을 겁니다, 후후후."

노형진은 자신 있게 말했다.

⚖

중국인들이 뭉쳐서 그 지랄을 하는 것을 한 번에 해결할 수는 없었기에, 노형진은 그들이 자료를 모아 올 때까지 조용히 기다리기만 했다.

하루 이틀을 넘어서 몇 달이 지나고 나서야 노형진은 자료를 열어 보고는 미소를 지었다.

그들이 모아 온 자료는 노형진이 중국 정부의 고위 관료와 접촉하기에 충분한 양이었다.

"이런 나쁜 놈들."

아스가르드. 그 안에 올라탄 중국의 주요 당직자들은 녹음된 파일을 들으면서 분노했다.

"이런 놈들이 우리 자랑스러운 중국의 인민이라니."

"이런 놈들은 모두 반역 혐의로 처벌해야 합니다."

"맞습니다. 이건 반역입니다."

녹음 파일을 들으면서 아스가르드의 중국 공산당 당직자들은 당장이라도 이들을 죽이고 싶어 했다.

'후후후, 원래 삶이란 이런 거지.'

어딜 가나 사람들은 똑같다.

한국인이 해외에 나간다고 한국을 자랑스럽게 생각하지 않는 것은 아니다.

하지만 동시에 자기들끼리는 한국을 씹는다.

흑인들도 남이 자신들을 니거Nigger라는 흑인을 비하하는 은어로 부르면 분노하지만 자기들끼리는 니거라고 잘만 부른다.

외부에서 자기들을 욕하는 건 용납을 못 하지만 자기들끼리는 잘만 욕하는 것이다.

'그게 중국이라면 더더욱 그렇지.'

중국에서는 계속 감시당하고 두려움에 떨어야 한다.

그러다가 한국에서 일하게 되면?

물렁한 경찰, 중국과 상관없는 분위기, 그리고 결정적으로 자유스러움.

그런 걸 처음 겪어 보는 그들은 자연스럽게 자기들끼리 이런저런 이야기를 하게 된다.

'실제로 독재 시절 가장 많이 고발이 들어가던 경우가 술에 취해서 불만을 표출하던 거였으니까.'

한국도 독재하던 시절에 누군가가 술에 취해서 불만을 이야기하면 주변에서 신고해서 그를 빨갱이라는 이유로 처벌하곤 했다.

노형진은 그걸 그들에게 그대로 적용한 것이다.

"고맙소. 이런 후안무치한 반동분자들을 당신 덕분에 잡을 수 있게 되었소."

'반동분자는 개뿔.'

사실 여기에 있는 자들에게 있어서 이들의 이러한 헛소리는 그다지 중요한 게 아니었다.

중요한 건 그들에게 주어진 달러가 가득한 가방들이었다.

'일단 이들이 돌아가면 이 내용에 대한 고발이 이루어질 거야.'

그건 당연한 일. 그리고 그에 대한 후속 조치가 진행될 거다.

"그래서 말입니다, 혹시 이걸 도와준 사람들에게 당원 자격을 부여해 주실 수 있습니까?"

"당원 자격?"

"그렇습니다. 그들의 충성심은 이제 충분히 인정받았다고 생각합니다. 그들은 생계도 포기하고 당에 반역하는 자들을 찾아내고 있습니다. 그에 대한 보상은 해 줘야 하지 않겠습니까?"

노형진은 그렇게 말하면서 슬쩍 한구석에 있는 007가방들을 바라보았다.

그러자 그게 무슨 의미인지 그들은 바로 알아들었다.

"당연히 그래야지!"

"암, 그래야지. 조국을 위해 이런 반동분자들을 색출하는 자랑스러운 중국인들인데!"

"맞습니다. 그들이야말로 우리 자랑스러운 중국의 인민들입니다."

당원으로 받아 주면 추가로 적당한 대가를 치르겠다는 의사 표현을 하자 바로 수긍하는 그들.

노형진은 감사의 인사를 건넨 후에 그들이 조용히 즐길 수 있도록 룸에서 나왔다.

"잘 골랐네."

"제일 더러운 놈들만 데려온 거야."

손채림이 노형진에게 다가와서 피식 웃으며 말했다.

"덕분에 일이 편해졌다."

"그나저나 그 사람들을 당원으로 만들어 준다고 해서 진짜 그 동네가 바뀔까?"

"당연히 바뀌지. 걱정하지 마. 너 여윳돈 있으면 그쪽 동네 매물들 좀 사 두고."

"한국인들한테는 안 판다면서?"

"조만간 상황이 바뀔 거야."

노형진은 손채림에게 미소를 지으며 말했다.

"우리가 손해를 볼 수는 없잖아? 후후후."

중국에서는 전 국민을 대상으로 감시 시스템을 운영한다.

'황금방패'라 불리는 감시 시스템이 인터넷을 감시하고, 고도로 발달한 카메라가 실시간으로 움직이는 사람들을 감시한다.

그래서 중국인들은 공산당을 두려워한다.

하지만 중국이 아무리 대단하다고 해도 해외에서 활동하는 국민들까지 감시할 수는 없다.

그래서 대부분의 중국인들은 해외, 특히 자유국가에 오게 되면 자신도 모르게 실수를 저지르게 된다.

"이게 뭐야?"

주한 중국 대사관에서 날아온 소환장.

그걸 받은 중국인 샹이는 손을 바들바들 떨었다.

다른 곳도 아닌 중국 대사관에서 소환장이 날아왔다는 건 결코 좋은 이야기가 아니니까.

"샹이! 샹이 있는가!"

문이 벌컥 열리고 뛰어들어 오는 한 남자.

그는 샹이와 자주 술을 마시던 양운이라는 남자였다.

"양운? 자네 손에 들린 거, 그거 뭔가? 설마?"

"자네도 받은 건가?"

얼굴이 사색이 되는 샹이.

"그게 무슨 소리야? 나도 받았냐니? 설마 이걸 받은 사람이 한두 명이 아니라는 거야?"

"지금 대사관에서 날아온 소환장이 수백 장이나 되네."

"이게 무슨……."

그들은 당혹스러울 수밖에 없었다.

대한민국에 나와 있는 그들을 중국 정부에서 잡아갈 수는 없다. 한국은 중국의 영토가 아니니까.

그래서 일반적으로 범죄나 기타 조사가 필요한 경우 대사관에서 소환장을 발부한다.

중국으로 다시 들어오라는 의미다.

일반적으로는 귀국해서 조사받은 뒤 다시 한국으로 돌아오는 게 가능하겠지만, 상대는 중국이다.

당연하게도 일단 들어가면 온갖 고문을 당할 테고, 설사 그 과정에서 무죄가 된다고 해도 결국은 한국에 돌아올 수가 없게 된다.

"아니, 이게 무슨 일이야? 우리가 반역이라니? 반역이라니!"

더군다나 소환의 이유가 위험하게도 반역이다.

반역이라면, 사실상 들어가면 죽는다고 봐야 한다.

살아도 사는 게 아닐 가능성이 크다.

"양운, 이게 어떻게 된 건가?"

"나도 모르겠네……! 나도 몰라!"

그들은 공포에 떨기 시작했다.

⚖️

하지만 그들이 공포에 떠는 그 순간 환희에 찬 사람들도 있었다.

"우리가 공산당원이라니."

"어머니…… 제가 성공했습니다."

공산당원이 된다는 것은 중국인으로서는 상당히 성공했다는 의미다.

노형진은 이번에 공산당원이 된 열 명에게 축하의 말을 건넸다.

실제로 공산당원이 되면 은행에서 대출도 쉬워지고, 문제가 생기면 중국 공안이 보호해 준다.

더군다나 한국에서 벌어 온 돈이 있으니 어지간한 가게 하나만 열면 중국에서 편하게 살 수 있다.

"여러분은 이제 돌아가면 행복해지실 일만 남았습니다."

물론 노형진을 도와준 사람들은 백여 명 정도 된다.

하지만 노형진은 고의적으로 이번에는 열 명만을 선택해서 당원 자격을 줬다.

다 받으면 더 이상 하지 않으려고 하는 사람이 생길 수도 있고, 이번에 받지 못한 사람들은 앞으로 더욱 열성적으로 일할 테니까.

"당원이 되신 분들이 중국에 가서 뭔가 하시려고 한다면 제가 지원해 드리지요."

"네?"

이건 진짜 생각지도 못한 혜택이었기 때문에 다들 어리둥절한 표정이 되었다.

'그래야 더 열심히 일할 테니까.'

중국에서 그들이 뭘 하든, 지원하는 건 그다지 큰돈이 필요하지 않다.

그러니 노형진으로서는 적당한 미끼였다.

어차피 이들이 중국으로 가려면 한참 걸릴 테고 말이다.

"아직 여러분에게는 기회가 남아 있습니다. 이곳에는 수많은 반동분자들이 있고, 당에서는 그들을 모두 찾아내기를 원합니다."

"그러면 우리는 그놈들을 계속 찾아내면 되는 겁니까?"

"네, 맞습니다."

"당장 움직이겠습니다."

"이 반동분자 새끼들을 모조리 박멸하자!"

당원이 된 사람들을 보고 흥분한 다른 사람들은 너도나도 나가서 정보를 모으려고 했다.

노형진은 몹시 느긋한 모습으로 그들이 하는 양을 가만히 보고만 있었다.

그들이 나간 후에 조용해진 린민자경단 사무실.

그곳 한구석에서 조용히 있던 오광훈이 소름이 돋는다는 표정으로 물었다.

"너 설마 이걸 노린 거야?"

"그래, 이걸 노린 거지."

"뜬금없이 보여 줄 게 있으니 오라고 해서 왔더니 아주 한 지역을 작살내고 있구나."

"원래 중국인들에게 제일 중요한 건 이득이야. 믿음이 아니라."

더군다나 사실상 귀족의 반열에 올라가는 공산당 입당이 조건이라면 너도나도 정보를 모을 수밖에 없다.

"딱히 배신행위도 아니고."

사업적인 행동을 하는 것도, 그렇다고 감시자들이 고발한 중국인들과 개인적으로 아주 친한 것도 아니다.

배신이라고 볼 만한 요소는 없다.

"소환당한 사람들은?"

"둘 중 하나지."

중국으로 돌아가서 조사받고 다시는 한국으로 오지 못하든가, 한국에서 도망 다니면서 숨어 지내든가.

"어느 쪽이든 저들은 반갑지 않을 거야."

전자라면 한국에서 모은 재산은 모조리 잃어버리게 되는 셈이다.

후자라면 잡혀 들어가는 순간 반역으로 처벌받을 테고 말이다.

"그 공산당 당원들이 이걸 처벌하지 않을 거라는 생각은 안 했어?"

"할 수가 없지. 다른 사람도 아닌 내가 준 자료야. 그걸 은닉하면 어떻게 될 것 같아?"

"음…… 하긴, 그건 그러네."

노형진이 그들을 선택한 거지 그들이 노형진을 선택한 게 아니다.

노형진이 그들에게 그동안 모은 공산당과 중국에 대한 불만을 토로하는 자료들을 넘겼는데 그들이 그걸 은닉하고 처벌하지 않는다?

당연히 노형진은 다른 사람을 선택해서 다시 한번 자료를 넘기면 된다.

"그렇게 되면 그들도 반역으로 처벌받게 될 가능성이 크지."

설사 반역이 아니라고 해도 일단 의심 분자로 분류될 테고, 당연히 더 이상의 승진은 없을 것이다.

운이 좋아도 퇴직당할 테고, 운 나쁘면 영혼까지 털려서 총살될 거다.

"그러니 그들은 조사를 명령할 수밖에 없어."

그게 아니더라도, 그들이 소위 말하는 반동분자들을 발견해서 처벌하면 그 자체가 실적이 돼서 더 높은 곳으로 올라갈 수 있다.

"중국 애들이 잘도 그런 걸 감춰 주겠다."

당연히 그들은 들어가자마자 그 자료를 공안에 넘기고 조사를 명령했고, 공안에서는 반역 혐의를 붙여서 관련자들을 조사하기 위해 모조리 소환할 수밖에 없었다.

"그리고 이제 완장이 완성되었지."

공산당원이라는 강력한 힘을 가지게 된 사람들.

그리고 드러난 반역자들.

"원래 역사의 더러운 부분은 대부분 완장질에서 나와."

"완장질?"

"그게 뭔지 모르는 건 아니지?"

"알지. 모를 리가 있나?"

완장질이란 표현에 대해 제대로 알려면 6.25전쟁 당시 북한과 남한이 점령한 지역의 통치를 완장을 찬 대리인에게 맡기던 때로 거슬러 올라가야 한다.

당시만 해도 제대로 된 행정 시스템이 없었던 터라 어쩔 수 없는 선택이었으나, 불행히도 이들은 사사로운 목적으로 무고한 사람들을 빨갱이나 반동분자로 만들어 총살하는 식으로 권력을 남용했다.

이런 연유로 완장질이라는 표현은 권력을 쥔 자가 그 권력을 마음대로 휘두른다는 부정적인 의미를 내포하고 있다.

"그런 완장질이 지금부터 이루어질 거야."

그동안은 사실 노형진이 데리고 있는 자칭 자경단은 아무런 힘도 없었다.

그래서 조용히 증거만 모았다.

"하지만 이제는 달라졌지."

무려 열 명이 공산당원이 되었고, 그들의 용기를 치하하는 표창장도 하나 받았다.

"그리고 여기는 한국이지."

여기서 뭔 짓을 했든 중국으로 흩어진다면 사실상 거의 만날 가능성이 없다.

그렇다면 사람들은 무슨 생각을 하겠는가?

같은 고향 사람들마저도 그렇게 죽고 죽였던 것이 바로 권력에 대한 욕심인데.

"이제 그 완장질을 시작하겠지."

"하지만 그거 불법 아니야?"

"불법이라……. 어떤 면에서?"

"응?"

"그러니까 어떤 면에서?"

"음…… 아…….

애매하다. 확실히 애매하다.

물론 직접적인 폭력을 쓴다면 그건 문제가 될 것이다.

하지만 노형진은 그렇게 바보 같지 않다.

"절대 직접적인 폭력을 쓰지 말라고 이미 말해 놨어. 그들의 가장 강력한 무기는 프레임이야."

"프레임이라…….

노형진의 말에 오광훈은 소름이 돋았다.

"너는 이제부터 이 주변을 잘 감시해. 여기에 숨어 있는 밀입국자들이나 불법체류자들이 튀어 나가기 시작할 테니까."

노형진은 창문 밖으로 즐비한 중국어로 된 간판들을 보면서 말했다.

"이제 슬슬 정리해야지."

완장, 즉 사회적 권력을 가지게 되자 자경단은 거칠 게 없었다.

"이 새끼 너 반동분자지!"

"아닙니다. 아니에요!"

"아니라고? 그런데 자본주의 방송을 틀어 놓고 있어!"

"아니, 이건 제가 틀어 놓은 게 아닙니다!"

가게에 들어가자 보이는 방송.

하필이면 그건 중국의 문제에 대해 논하는 시사 프로그램이었다.

"누구야! 어떤 새끼가 틀었어!"

자경단원들이 눈을 부라리면서 가게 안을 살피기 시작하자 밥을 먹고 있던 자들은 다급하게 고개를 숙였다.

"너야? 너야?"

이리저리 쿡쿡 찌르면서 다니자 모두의 시선이 한 사람에게 쏠렸다.

그는 다급하게 손을 흔들었다.

"아닙니다! 아니에요! 나는 진짜……!"

"다들 너만 보는데? 이 반동분자 새끼가!"

"사…… 살려 주세요. 제발 살려 주세요!"

"누가 죽인대? 우리는 자경단이지 공안이 아니야. 야, 이 새끼 사진 찍어. 당에 보고 올린다."

"안 됩니다. 제발 살려 주세요. 중국에 가족이 있습니다."

"그런 놈이 조국과 당을 부정하는 방송을 틀어 놓고 선동질을 해?"

"틀다가 우연히 나온 겁니다."

"지랄하지 마! 그러면 다른 채널로 돌렸어야지. 당을 부정하는 방송을 틀어 두고 뭐? 우연히? 이름하고 사진 찍어서 당에 보내."

"안 됩니다!"

중국인 집결촌은 어느 때보다 공포에 휩싸였다.

불만을 표출할 수는 없었다.

불만을 표출하는 순간 반동분자로 찍혀서 그대로 중국에 보고되고, 얼마 지나지 않아 중국 대사관에서 소환장이 날아왔으니까.

실제로 소환장을 받고 중국으로 들어간 일가족이 어느 순간 연락도 안 되고 돌아오지도 않자 사람들은 공포에 찌들었다.

자경단의 행동에는 중국의 조폭들조차도 꼼짝을 못 했다.

그들이 한국에서 범죄를 저지르고도 뻔뻔할 수 있었던 것은, 한국 공권력이 들어오기 전에 도망가면 그만인 데다 다른 중국인들이 한국 정부에 자기들의 정보를 넘기지 않는다는 걸 알고 있었기 때문이다.

하지만 이제는 상황이 달라졌다.

욱해서 자경단에 손대는 순간 반역 혐의가 붙어 버린다.

자경단은 분명 공식적으로 중국 정부의 적을 찾는 중이고, 그건 중국 입장에서는 영웅적 행보로 분류되었으니까.

당연히 그런 영웅적 행보를 보이는 공산당원을 건드렸다가는 자신뿐만 아니라 가족들까지 반역으로 죽을 수도 있는 문제였다.

그렇게 되면 중국으로 도망간다고 해도 살 수가 없다.

자신들의 정보를 다른 사람들이 감춰 줄 리도 없다.

그 순간 그들도 반역으로 처벌받을 테니까.

당연히 자경단의 권력은 점점 강해졌고 그들의 행동은 점점 과격해졌다.

"여기가 반역자의 집이다!"

"여기가 반동분자의 집이다!"

당연하게도 그에 대해 불만을 가지는 사람들이 나타나 뒤에서 남몰래 욕을 하기도 했다.

그러나 문제는 자경단이 누군지 알지 못한다는 것이다.

노형진이 자경단 사무실을 만들기는 했지만 명목상의 존재일 뿐, 사실 거의 비워져 있다시피 하다.

자경단의 신분이 드러나면, 그들이 나타나는 순간 사람들은 모두 입을 다물 게 뻔하기 때문이다.

그래서 그들에게 따로 숙소를 주고 사무실은 드러난 사람들, 즉 공산당원들만 쓸 수 있게 해 놨다.

쉽게 말해서 당원이 된 자들에게 특혜를 준 것이다.

그러한 특혜를 받는다는 것 자체가 권력이 되는 법이니까.

거기에 들어가기 위해, 아직 공산당원이 되지 못한 자들은 여기저기 돌아다니면서 정보를 모으고 고발을 계속했다.

그 과정에서 불만을 가진 사람들을 발견해도 결코 린치나 보복을 가하지는 않았다. 노형진이 그건 금지했으니까.

그러나 그러한 폭력이 아니라고 해도 그들을 말려 죽일 방법은 많았다.

⚖

"이런, 이런."

집에 잔뜩 묻어 있는 페인트를 본 경찰은 혀를 끌끌 찼다.

집의 외벽 여기저기에 누군가가 던진 페인트 자국과 '반역자', '반동분자'라는 문구가 쓰여 있었다.

창문도 깨져 있고 문은 찌그러졌다.

"이거 어떻게 안 됩니까?"

"일단 이건 재물손괴에 들어갑니다."

"죽겠습니다."

"수사는 하겠습니다만……."

말끝을 흐리며 고개를 돌리는 경찰의 눈에, 그들을 노려보는 수많은 중국인들이 보였다.

한두 번 당한 게 아니기에 그는 시큰둥했다.

"기대는 안 하시는 게 좋을 것 같네요."

"네? 어째서요?"

"카메라가 고장 난 지 오래되어서요."

서류를 쓰던 볼펜 끝으로 하늘을 가리키는 경찰.

그쪽에 박살 난 CCTV가 있었다.

"뭐, 수사는 해 보겠습니다만."

경찰은 안다, 아무리 물어봐도 이 주변에서는 범인이 누군지 말해 주지 않을 거라는 걸.

그리고 반역자로 찍힌 남자도 안다.

누구도 자신을 도와주지 않을 거라는 걸.

"일단 접수는 해 드리겠습니다."

딱 접수 말고는 더 이상 해 줄 수 있는 게 없다.

경찰이 수사를 위해 안으로 들어오는 것 자체를 꺼리는 지역이니까.

그렇게 경찰들이 떠나자 남은 가족들은 주변을 두리번거렸다.

자신들을 무섭게 노려보는 사람들이 보였다.

그들은 침을 꿀꺽 삼키고는 집으로 들어갔다.

"짐 싸라. 나가자."

"네? 어디로요?"

"모르겠다. 일단…… 여기를 떠나자, 우선."

그들의 선택지는 그다지 많지 않았다.

그리고 그러한 완장질의 결과는 점점 노형진의 예상대로 변질되어 가고 있었다.

"그래서 조국에 충성을 다하고 싶다고?"

"그렇습니다!"

자경단 사무실. 남자는 다른 사람들의 눈을 피해서 조심스럽게 왔다.

"제가 아는 반동분자들이 몇몇 있습니다. 그들을 처벌해야 한다고 생각합니다."

"반동인 걸 알면서 왜 지금까지 말하지 않은 거지?"

"그동안 대처할 방법이 없어서 그랬던 것뿐입니다. 저는 언제나 조국을 위해 희생할 준비가 되어 있습니다."

남자는 입으로는 그렇게 말하고 있었지만 눈에 떠오른 탐욕까지 감추지는 못했다.

하지만 상대방은 그리 신경 쓰지 않았다.

'내부 간세가 들어오면 그대로 받아 주라고 했지?'

누군가 정보를 가지고 오거나 간세가 되겠다고 하면 조건 없이 받아 주라고 했기에 남자는 고개를 끄덕거렸다.

"그래서 그걸 증명할 것은?"

"여기에 있습니다."

그는 직접 녹음한 파일을 틀어 줬다.

그러자 거기서 목소리가 흘러나왔다.

─양수야. 이 자경단이라는 새끼들 선 넘는 거 아니니?

-그럼 어쩝네까?

-당에 말해서 이 새끼들 쳐 내자.

-그놈들 당원입니다. 삼촌. 그런데 어떻게 쳐 냅니까?

-모르나? 우리 친척 중에 고위 당원이 한 분 계시다. 그분을 통해 모가지 날려 버리자.

-고위 당원이라고 하시면……?

-지역장이시다. 그분을 통해 쳐 낼 수 있다. 물론 돈이 좀 들겠지마는.

듣고 있던 남자의 눈이 커졌다.

"이런 종간나 새끼를 봤나? 지금 돈으로 우리 당원들을 매수하려는 거야?"

"그렇습니다."

"보아하니 네가 조카인 것 같은데."

"핏줄보다는 당에 대한 충성심이 우선입니다."

"그래, 그래야지. 암."

사실 이러한 행동에는 각자의 이득이 있었다.

삼촌이라 불린 남자는 돈을 모아서 저들을 쳐 내는 대신에 그렇게 모은 돈의 일부를 빼돌릴 생각이었다.

애초에 조카도 그런 삼촌을 믿지 못한 게, 먼 친척이라지만 그래도 지역장쯤 되는 사람이 지금까지는 친척에게 아무런 관심도 없다가 이제야 도와준다는 것도 말이 안 되기 때문이다.

당원이면 귀족이라 불리는 계급이고, 지역장이면 확실하게 귀족이라 할 수 있다.

그런데 그런 자가 지금까지 모른 척해 오던 자신들을 이제야 도와준다?

'그걸 믿을 이유는 없지.'

차라리 그걸 제보하고 직접 기회를 잡아서 당원이 되는 게 훨씬 유리했다.

"남한의 문물을 맛보더니 타락한 인간들이 너무 많아."

남자는 고개를 끄덕거리면서 말했다.

"너희 친척 중에도 반동분자 많지?"

"많습니다."

"다 고발하라. 그래야 나라가 깨끗해지고 발전한다."

"알겠습니다."

중국은 어려서부터 무척이나 강하게 세뇌를 한다.

어느 정도로 강하게 하느냐면, 부모 자식 간에도 고발하게 할 정도다.

실제로 홍위병 사건 당시에 부모가 자식을 고발하고 조리 돌림에 앞장서서 때려죽이기도 했다.

그게 조국에 충성하는 것이라고 세뇌했고, 그걸 자랑스럽게 여기게 했다.

지금은 좀 덜하다지만 그 교육 방침이 어디로 가는 것은 아니니 당연히 이득이 된다면 가족이고 뭐고 없었다.

"증거들 다 가지고 오라. 함께 반동들을 척살하자. 그러면 너도 훌륭한 당원이 될 수 있다."

양수는 침을 꿀꺽 삼켰다.

"사람들이 서로를 믿지 못하고 감시하는 시스템. 중국이 원하는 시스템이지."

노형진은 오랜만에 찾아온 자경단 사무실에서 온 동네를 내려다보며 말했다.

"사실 대부분의 독재국가에서는 그런 시스템을 원해. 그리고 중국은 그 시스템을 거의 완성했어. 해외만 빼고."

"그게 인적자원으로 완성이 되었다, 이거지?"

"맞아."

북적거리고 시끄럽던 동네는 어느 때보다 조용했다.

서로가 눈치를 보면서 어울리지 않고 있었다.

가게는 대부분 파리만 날렸고, 그중 상당수가 폐업 상태였다.

"이렇게 될 거라는 걸 어떻게 안 거야?"

오광훈은 고개를 갸웃하면서 물었다.

노형진이 이곳에 적극적으로 공산당을 들이밀었을 때 무슨 미친 짓인가 싶었다.

그런데 상당한 시간이 지난 지금 이 동네에서는 매물이 무섭게 나오고 있었다.

심지어 급매로 가격이 낮게 나오는 물건들이 어마어마하게 많았다.

원래 중국인들끼리만 거래한다는 암묵적인 철칙 역시 사라진 지 오래였다.

당장이라도 매도하려고 하지만 매수하는 사람이 없었기 때문에 일단 사려고 하는 사람이 있다면 어떻게 해서든 팔려고 난리였다.

"그래, 궁금하군. 도대체 무슨 생각으로 그런 건지."

한만우 역시 고개를 갸웃하면서 물었다.

"단순히 '저들이 열등하고 머리가 나빠서'라는 말로는 이 사태가 설명되지 않아."

그러자 노형진은 싱긋 웃으면서 몸을 돌려 창가에서 떨어져 소파에 앉았다.

"간단합니다. 저들은 여기에 돈을 벌러 왔습니다."

"그런데?"

"고향을 떠나 낯선 땅에 가 돈을 번다는 것. 그리고 그곳을 떠나기 싫어한다는 것. 그건 자신이 살던 곳에 불만이 있다는 뜻입니다. 옛말이 이런 말이 있지요. '절이 싫으면 중이 떠나라.'"

중국을 떠나서 여기로 왔다는 것 자체가 그들이 중국에 불만을 가지고 있다는 뜻이다.

"다 그런 건 아니지 않나?"

"맞습니다. 다 그런 건 아니지요. 하지만 한 가지는 확실합니다. 저들은 중국에서 기회를 잡지 못한 부류라는 겁니다."

아마도 저들 대부분은 그저 농민공일 테고 하루 벌어서 하루 먹고사는 사람들일 것이다.

저들에게 한국은 기회의 땅이다.

마치 과거에 한국인들이 아메리칸드림을 꿈꾸면서 미국으로 떠났던 것처럼.

"해외에 나가면 애국자가 된다는 말이 있지요."

지금 해외에 나가 있는 국민들에게 물어보면 당연히 그들은 한국이 살기 좋다고 이야기한다.

하지만 정작 그들은 한국을 버리고 해외로 나갔다.

"한국에 뭐든 마음에 안 드는 게 있었다는 거죠."

그게 미래에 대한 기회이든 법률적인 문제이든 간에. 아니면 개인적으로 인간관계에 미쳐 버렸을 수도 있다.

"한국과 중국의 가장 다른 점은 그 불만을 말할 수 있느냐 없느냐 하는 거죠."

한국은 나라 욕을 하든 말든 그걸 가지고 뭐라고 하지 않는다.

하지만 중국은? 애석하게도 아니다.

적당한 증거만 모아서 가지고 가면 반역이나 기타 혐의로 소환해 버린다.

중국은 그런 나라다.

"중국이 싫어서 떠나온 사람들입니다. 그런데 이 동네는 중국화되었지요. 그게 무슨 의미인지 아시지요?"

"아, 그러네."

"중국화되었으니 여기에도 있기 힘들어지겠군."

오광훈과 한만우는 고개를 끄덕거렸다.

해외로 나가서 애국자가 되는 것과, 그 나라와 똑같은 환경이 된 해외의 거주지에서 계속 사는 것은 전혀 다른 문제다.

"코리아타운이 한국처럼 굴러가면 거기를 떠나는 사람들이 많아지겠지."

한국을 떠나 미국으로 가서 코리아타운에 들어갔는데 거기도 소수의 사람들이 권력을 쥐고 사법과 입법, 행정을 지배하고 있다면 사람들은 당연히 떠나게 된다.

두려움 때문에 외부에서 중국을 찬양하고 낮은 자존감 때문에 외국인들에게 중국의 위대함을 말하는 것과는 별개로, 사는 것이 불편해지면 사람들은 떠나기 마련이다.

"더군다나 여기는 대한민국이란 말이지요."

대한민국 땅은 다른 곳으로 이사하거나 하는 게 자유롭다.

어차피 그들을 잡거나 할 사람도 남아 있지 않다.

"그래서 이렇게 된 거군."

중국화된 동네. 그곳에서 만연하는 고발의 공포와 두려움에 한번 자유를 맛본 사람들은 버틸 수가 없었고, 너도나도 자경단의 횡포를 피해서 떠날 수밖에 없게 된 것이다.

"그리고 그들은 다급하게 이곳의 건물이나 땅을 처분할 수밖에 없고?"

"그래."

단순히 떠나기 위해 파는 사람도 있을 것이다.

하지만 누군가는 진짜 돈이 급해서 파는 사람도 있을 것이다.

어차피 땅이나 건물이 어디로 사라지는 것이 아닌 만큼 그냥 나중에 팔아도 되지만 그렇지 않은 사람들, 즉 중국에서 소환당한 사람들은 이야기가 다르다.

"그런 사람들은 당연히 살기 위해 몸부림쳐야 하지."

그런데 그 살기 위한 몸부림을 어떻게 해야 할까?

그냥 공안에 가서 살려 달라고 빌어야 할까?

그런다고 해서 공안에서 살려 둘까?

"뇌물이군."

한만우는 이해가 간다는 듯 고개를 끄덕거렸다.

"한국도 먹히는데 중국에서 안 먹히겠습니까?"

그들은 살기 위해 막대한 뇌물을 바쳐야 한다.

한두 푼으로는 안 될 거다. 일단 고발 내역이 반역인데 중국의 공안이 그걸 대충 조사할 리가 없으니까.

"그 돈을 구하기 위해서는 결국 집을 내놔야 하지요."

은행에서 미쳤다고 반역자에게 돈을 빌려줄 리도 없고, 중국의 특성상 누군가가 반역으로 조사받는다고 하는 순간 그의 인간관계는 완전히 끊어진다.

그와 이야기라도 했다가는 그날 저녁에 공안에게 끌려갈 가능성이 있으니까.

결국 확실하고 빠르게 돈을 구할 수 있는 것은 집을 팔거나 전세나 월세의 보증금을 빼는 것뿐.

"자네가 노린 게 그건가?"

"덕분에 중국인들이 엄청나게 줄어들고 있지 않습니까?"

"틀린 말은 아니네만."

지난 몇 달간 이 지역의 인구수 하락은 티가 날 정도였다.

너도나도 이 지역을 떠났다.

입으로는 자랑스러운 중국이라고 외치던 자들도 공포와, 언제 반역자로 몰릴지 모른다는 두려움에 질려 자신을 고발하지 않을 사람들이 있는 곳으로 떠나기 시작했다.

"그러면 저들에게 남는 선택지는 둘 중 하나지요."

고발하지 않는 사람들, 즉 한국인들 사이에서 녹아내려서 살아가든가, 적응하지 못하고 중국으로 돌아가든가.

"하나 더 있지. 다른 데 가서 뭉쳤다가 또다시 고발당하고 중국으로 끌려가든가."

오광훈은 다 안다는 표정으로 무심하게 말했다.

"네가 이번 한 번으로 끝낼 생각일 리 없잖아?"

"그렇기는 하지."

물론 저들이 자연스럽게 한국에서 살아갔다면 노형진도 이렇게까지 할 생각은 없었다.

"하지만 확실히 선을 넘기는 했지."

조사해 보면, 그들이 늘어나면서 거의 갈취 수준으로 건물을 빼앗는 경우도 상당히 많아졌다.

끝까지 버티는 건물주의 집에 페인트를 던진다거나, 죽은 고양이나 개의 머리를 걸어 둔다거나 하는 식으로 말이다.

'중국인들의 일반적인 세력 확장 방식이기는 하지만 말이야.'

그러나 노형진은 도리어 그걸 역으로 이용했다.

서로가 서로를 감시하게 만들었고, 결국 그게 두려워서 뭉치지 못하게 만들었다.

"그렇잖아도 공산당원이 된 놈들이 중국으로 돌아간다고 하더군."

"공산당원은 중국에서는 권력 그 자체입니다. 여기서 무시당하면서 조폭으로 활동할 필요가 없지요."

중국에 가서 공산당원이라고 말하면 작은 가게 하나만 열어도 비호받으면서 편하게 살 수 있을 테니까.

"당원이 되지 못한 사람들은 다른 곳으로 가서 감시 업무를 계속할 거고요."

"웃기네. 진짜 자기들끼리 잡아먹으면서 결국 사회를 파괴하는 거잖아?"

"원래 그런 거야. 인간이란 브레이크가 없으면 그렇게 행동하지."

만일 이들이 일찌감치 공권력을 인정하고 받아들였다면 이런 일은 벌어지지 않았을 것이다.

하지만 그들은 그걸 거부했고, 결국 노형진은 그들이 원하는 대로 그들을 대한 것뿐이다.

"그리고 제법 쏠쏠하게 돈도 좀 만졌구요."

급매가 많아지면서 전체적으로 땅값이 싸졌고 노형진은 그걸 싹 다 사들였다.

전처럼 중국인에게만 팔지는 않았으니까.

건물들은 상당수가 붙어 있거나 한 형태였기에, 노형진은 해당 지역을 전부 밀어 버리고 대단위 빌라촌을 만들 준비를 하고 있었다.

"입지상 빌라촌이 생기면 아마 가격이 제법 높게 형성될 겁니다."

사실 노형진의 말을 들은 오광훈과 한만우 역시 투자한 상태였다. 손채림도 투자했고 말이다.

"한국에 중국인 집결지는 많습니다. 그리고 그곳마다 우범지대도 많고요."

노형진은 저 멀리 이사 준비를 하는 사람들을 보면서 중얼거렸다.

이 순간에도 족히 열 가구는 이사 준비를 하는 게 보였다.

"인권 같은 건 생각하지 않는 거냐?"

오광훈의 말에 노형진은 코웃음을 쳤다.

"저쪽에서는 그런 걸 조금도 생각하지 않는데 내가 왜 생각해 줘야 해? 그리고 전 세계적인 룰이 있지, 로마에 가면 로마법에 따르라는."

노형진은 그들이 한국 법을 따르지 않는다면 강제로라도 따르게 할 생각이었다.

이 세상 모든 프로 불편러에게
고합니다

유튭에서 가장 인기 있는 콘텐츠는 뭘까?

누구나 궁금해할 만한 것이지만, 사실 그에 대한 답을 찾기는 굉장히 어렵다.

유튭의 데이터가 방대하고 이용자도 전 세계에 널리 분포되어 있다 보니 오만 콘텐츠가 있는데, 다양한 사람의 취향을 기준으로 분류하는 것도 어찌 보면 웃긴 일이니까.

하지만 우스갯소리로 말하는 게 하나 있는데, 그건 다름 아닌 사과 방송이었다.

"또 사과 방송이야?"

손채림은 그걸 보다가 눈을 찌푸리며 말했다.

"아주 지긋지긋하다, 진짜."

"왜 그래? 또 사과 방송이냐고 하는 걸 보니 한두 번 한 게 아닌 것 같은데, 그러면 뭔가 문제 있는 방송 아니야? 그런 건 안 보면 되지."

옆에서 다른 일을 하던 노형진은 고개도 들지 않고 말했다.

오늘 저녁을 같이 먹기로 했는데 노형진의 일이 덜 끝나서 손채림이 일을 마무리하는 그를 기다리며 유튭을 보는 중이었다.

그런데 방송된 것이 영 마음에 안 드는 모양이었다.

"아니, 사과할 문제가 아닌데 사과하니까 지랄하는 것 같은 거지."

"응? 그게 무슨 소리야? 사과할 문제가 아닌데 사과를 해? 왜?"

궁금증이 생긴다는 표정으로 고개를 드는 노형진.

그런 노형진에게 손채림이 혀를 끌끌 차면서 말했다.

"이 사람 보이지?"

"누군데?"

"피직스라고 개인 방송인이야. 콘텐츠는 뭐 이것저것."

"그런데 그거랑 사과랑 뭔 관계인데?"

"얼마 전에 방송 하나를 했거든. 그런데 그걸 가지고 불편러들이 지랄한 모양이야."

"무슨 개인 방송인데? 사회적으로 지탄받는 그런 방송이야?"

"그럴 리가 있겠냐? 그래도 구독자가 200만 명이 넘는 초

대형 개인 방송인인데 알아서 거르지."

"그러면 뭔데?"

"모델 지원기."

"모델 지원기? 뭐? 무슨 모델? 컴퓨터?"

"하여간 남자들이란 기계 모델만 생각하지. 말 그대로 모델이야, 모델. 옷 입는 피팅 모델."

"아아, 이해했어. 그런데 그게 문제가 된다고?"

노형진은 이해가 안 간다는 듯 고개를 갸웃했다. 그걸 그가 지원한다고 해서 문제가 될 건 없어 보였으니까.

"정확하게는 피직스가 한 게 아니라 학생들을 데려가서 시킨 거지."

피직스의 콘텐츠 중 하나가 바로 직업 탐방이다.

자라나는 청소년들에게 여러 직업을 보여 주고 현실을 직접 겪어 보게 하는 것. 그게 주요 콘텐츠다.

일단 구독자가 200만 명이나 되는 초대형 개인 방송인인 만큼 그런 협찬 요청을 하면 대부분은 도와준다고 하기에 많은 학생들이 지원하는 콘텐츠 중 하나였다.

"그게 뭐가 나쁜 거야? 좋은 거구만. 그 안에서 성추행이라도 했대?"

"그게 아니라, 이번에 한 게 모델이었거든."

정확하게는 여성 모델의 세계를 체험해 보게 하고자 모 모델 업체와 손잡고 일주일 정도 체험을 하게 해 줬다고 한다.

그것까지는 나쁘지 않았다.

사실 직업에 대해 모르고 고르는 것보다는 알고 고르는 게 훨씬 좋으니까.

더군다나 이번에 직업 체험을 한 사람들은 예고의 모델 학과 학생들이었다.

즉, 그 길로 가기로 한 애들이니 졸업하면 자연스럽게 하게 될 일이었다.

"그게 뭐가 나쁜 건데?"

"여성의 성 상품화래."

"그건 또 뭔 개소리야?"

"말 그대로야. 사실 모델이라는 게 그런 부분이 있잖아."

현실적으로 성 상품화라는 말은 맞는 말이다.

애초에 모델이라는 직업의 목적 자체가 옷에 어울리는 이미지를 보여 주어 스스로 상품화하면서 그러한 옷의 구매를 유도하는 거니까.

그러니 성적 상품화에 대한 문제가 아예 없다고 할 수는 없다.

당연히 그걸 선택한 사람들은 모두 알고 선택한 거고.

"그런데?"

"프로 불편러들이 몰려와서 난장판을 만든 거지, 뭐. 볼래?"

손채림은 사과 영상을 넘겨줬고 노형진은 그걸 받아서 보다가 눈을 찡그렸다.

"선 넘네."

사과 영상 자체는 간단했다.

그리고 뻔했다.

제대로 대응하지 못했고, 그로 인한 반응을 예상하지 못했다 등등.

사실 사과 관련 영상이나 글은 워낙 많이 보는 데다 소송하게 되면 무조건 참고해야 하는 것인지라 노형진은 그에 관해서는 그다지 관심이 없었다.

하지만 영상에 달린 댓글들은 아주 심각했다.

−네 부모는 너 같은 새끼 낳고도 미역국 처먹었냐?
−미친 새끼. 돈 된다고 하면 엄마도 창녀로 팔아넘길 새끼네.

이런 패드립에서부터.

−자살해.
−살면 뭐 하나? 뒈져, 성범죄자 새끼야.

이런 말도 안 되는 헛소리까지.

"이 사람이 뭐, 나라라도 팔아먹었냐?"

"그 사람뿐만 아니야. 오죽하면 개인 방송인 최고의 핫 이슈는 사과 방송이라는 말까지 나오겠어?"

"응? 그건 뭔 소리야?"

"아, 넌 잘 안 보지?"

"볼 시간이 없지."

노형진은 마지막 서류에 사인을 하면서 어깨를 으쓱했다.

"가자. 가면서 이야기하자."

"그래. 오늘 저녁은 비싼 거."

"비싼 소고기 사 주마."

"역시 고기는 한우지. 전 세계를 돌아다니며 먹어 봐도 한우만 한 고기가 없다니까."

그렇게 두 사람은 사무실을 나섰다.

노형진은 나가면서 아까 그 이야기를 계속했다.

"그래서? 아까 그 이야기 좀 해 봐. 도대체 뭐가 문제인 건데?"

"흥미가 가나 보지?"

"아니, 딱히 잘못한 게 없어 보이니까."

"음…… 유튭뿐만 아니라 지금 나라가 전부 그런 판인데."

"유튭 개인 방송인뿐만 아니라?"

"프로 불편러들 말이야. 자기가 불편하다고 상대방을 죽이려고 달려드는 거지."

노형진은 고개를 끄덕거렸다.

프로 불편러라는 말은 들어 본 적이 있다.

노형진도 그 의미는 안다.

"그런데 그게 심각하다고?"

"심각하지. 방금 그 방송에만 그런 게 아니야."

프로 불편러들은 온갖 방송에 다 찾아다니면서 불만을 토로하고 문제를 일으킨다.

"피직스뿐만이 아니라 다른 방송도 그런 프로 불편러들 때문에 난리야."

"흠, 그래?"

"그렇다니까. 몇몇은 그런 프로 불편러들 때문에 방송까지 포기하고."

노형진은 머리를 긁적거렸다.

"내가 아는 프로 불편러들하고는 좀 다르네."

"아, 말도 마라. 이 새끼들 머릿속을 들여다보면 이 세상에 불만만 가득해. 뭐든 다 불편한가 봐."

"이해는 간다."

"그렇다 보니까 점점 더 재미가 없어지더라고."

"점점 더 재미가 없어진다라……."

"방송도 그렇잖아. 시청자들의 의견에 끌려다니기 시작하면 얼마 못 가잖아."

"하긴, 그건 그렇지."

노형진도 엔터테인먼트 조합의 업무를 하면서 그들과 엮여서 일해 봐서 안다.

일반적으로 방송계에 적극적으로 자신의 의견을 어필하는 사람들은 불만이 있는 부류다.

아니, 방송계뿐만 아니라 대부분이 그렇다.

그에 만족하고 충분히 즐긴 사람들은 딱히 귀찮게 방송국의 홈페이지에 회원 가입까지 해 가면서 '잘 봤습니다. 감사합니다.'라는 말을 쓰지 않는다.

그래서 대부분의 방송 홈페이지에 가면 선플은 10%, 나머지는 불만이라고 보면 된다.

"그런데 그런 거 눈치 보면서 오래가는 방송 본 적 있어?"

"없지."

그렇게 소수의 불만까지 다 커버하면서 방송을 끌고 가려들면 결국 다수의 취향을 버리게 되고, 방송국의 시청률은 바닥으로 떨어지게 된다.

물론 잘못된 건 잘못되었다고 이야기하는 게 맞다.

그리고 그걸 수용하고 고쳐야 하는 것도 맞다.

하지만 일부 PD들은 그러한 글을 걸러 내지 못하고 불만을 없애 보겠노라고 소수의 시청자만을 위해 나아가다 결국 사라진다.

"방송국에서 일하려면 누가 뭐라고 하든 밀고 가는 줏대가 있어야지."

그렇지 못한 대부분의 PD들은 결국 소리 소문 없이 사라지곤 했다.

"내 말이 그 말이라니까. 그나마 방송국은 걸러지기라도 하지."

워낙 바쁜 방송국이나 보니 PD를 비롯하여 제작하는 사람들이 댓글을 다 보는 건 아니다.

그건 현실적으로 불가능하다.

다만 이건 진짜 받아들여야 한다고 생각하는 경우에는 방송국 내에서 따로 뽑아서 PD에게 전달하곤 한다.

"유튭은 아니잖아. 그렇다 보니 개판이 되더라고."

불만이 있는 사람들은 계속 떠들고 불만이 없던 사람들은 자연스럽게 보다 말고 하다 보니, 개인 방송인들은 점점 불만이 있는 사람들 위주로 사과하고 방송을 개편하여 재미없어지다가 결국은 개판이 되는 거다.

"쯧쯧. 한국 사람들 참, 져 주는 게 이기는 건 줄 안다니까."

애석하게도 한국 사회에서 잘 살기 위해서는 어느 정도 뻔뻔함이 기본 옵션이 되어야 한다.

"그게 무슨 소리야?"

"사람들은 착하게 살면 좋다고 생각하지. 틀린 말은 아니야. 착하게 살아야지. 하지만 병신으로 살면 안 되지."

노형진은 어깨를 으쓱하면서 차 문을 열어 줬다. 그리고 운전석에 앉아서 계속 말을 이어 갔다.

"착하게 살려면 주변 사람들을 챙기고 너무 과한 욕심을 부리지 않는 정도면 되는 거야. 힘든 사람들을 도와주는 것도 좋지. 기부를 하거나 자원봉사를 하는 것도 좋고."

"그러면 이 경우는?"

"병신인 거지. 저쪽에서 진짜로 뭔가 고쳐서 발전시키려고 그러는 것 같아? 아니야. 절대 아니지. 그들은 그냥 미친 놈들일 뿐이야. 그걸 착각하는 거지. 너도 법을 배워서 알잖아? 자기 잘못이 없는데도 사과하는 건 법률상 가장 병신 같은 짓이잖아."

"하긴, 그건 그래."

과거에 여성부에서는 남자들에게 혹시나 성추행 등으로 오해받으면 먼저 사과하라고 시켰다.

그러나 이는 죄를 인정하는 행위였고, 당연히 그 지침을 지킨 사람들은 성추행범으로 회사에까지 소문나면서 인생이 박살 났다.

"물론 자기가 잘못한 게 있으면 사과하는 게 맞아. 그런데 자기 잘못도 없는데 사과한다? 그건 딱 하나를 의미해. 나와 내 가족까지 갈가리 찢어 먹어도 찍소리 못 하는 병신이다."

"그건 좀 아닌 듯."

"아니라고 생각해?"

노형진은 핸드폰을 힐끔 보면서 말했다.

"이번이 처음이 아니라고 했지?"

"그렇지. 세 번째일걸."

"두고 봐, 조만간 방송을 접든가 뭔가 다른 행동을 하게 될 테니까."

노형진은 그렇게 될 거라는 걸 알기에 그렇게 말했다.

하지만 설마 그 사건이 자신에게 올 거라고는 생각도 못 했다.

얼마 후 노형진에게 라이스엔터라는 곳의 사장이 찾아왔다. 그 옆에는 피직스가 거의 죽어 가는 얼굴로 서 있었다.

"피직스 씨?"

"아시나 보군요?"

"아, 네. 좀⋯⋯. 그런데 라이스엔터라는 이름은 잘 몰라서요."

노형진은 고개를 갸웃하면서 두 사람을 바라보았다.

순번제로 들어온 것도 아니고, 그렇다고 두 사람이 노형진을 지명한 것도 아니다.

'그러면 사건이 엄청 어렵다는 소리인데.'

사건이 너무 어려워서 일반적인 소송행위로는 해결할 수 없기에 노형진에게 배정되었다는 의미다.

"일단 제 소개를 하지요. 저는 라이스엔터의 하승하라고 합니다. 대표입니다. 여기는 피직스입니다. 본명은 주도신입니다. 기존에 알고 계셨다니 그냥 피직스라고 부르셔도 됩니다."

"네. 그런데 라이스엔터라는 곳은 처음 들어 봐서요. 제가 엔터 쪽은 좀 잘 알고 있지만⋯⋯."

"그러실 겁니다. 요즘은 개인 방송인들도 엔터테인먼트에 속해서 일을 하거든요. 제대로 케어받아야 원활한 콘텐츠 생산을 할 수 있으니까요."

"음⋯⋯."

노형진은 고개를 끄덕거렸다. 하승하의 말이 맞으니까.

매일같이 콘텐츠를 생산하는 그들은 다른 일에 신경을 쓸 시간이 없을 것이다.

"라이스엔터는 제가 만든 회사입니다. 자랑은 아니지만 그래도 속해 있는 개인 방송인들이 한 스무 명 됩니다. 구독자는 한 3억쯤 될 거구요. 아, 다 합친 거니까 중복 구독이 대부분일 겁니다만."

"그렇게 자세하게 설명하시지 않아도 시스템 정도는 알고 있습니다. 그런데 라이스엔터라니, 이름이 특이하네요."

"뭐, 처음에는 그냥 밥이나 먹고 살자고 만든 거였거든요."

그러면서 하승하는 쓰게 웃었다.

"그런데 어쩐 일로 오셨습니까? 피직스 씨랑 같이 온 걸 보니 문제가 생긴 건가요?"

"그게, 피직스 씨가 생명의 위협을 느끼고 있어서요."

"생명의 위협?"

피직스는 힘든 표정으로 말했다.

"솔직히 말하면 개인 방송을 그만두고 그냥 평범한 사람으로 돌아갈까 하는 생각도 하고 있습니다."

"누가 협박하는 건가요? 그런 거라면 제가 아니라 경찰을 찾아갔어야지요."

노형진의 말에 하승하가 먼저 입을 열었다.

"피직스 씨를 공격하는 사람이 한두 명이 아닙니다."

노형진은 그 순간 얼마 전 손채림과 한 이야기가 생각났다.

모종의 사건으로, 잘못한 것도 없는데 사과해야 했던 일.

"혹시 악플러…… 아니지, 이런 경우는 악플러보다는 프로 불편러라는 표현이 맞겠네요. 그들 때문입니까?"

"잘 아시네요. 그들 때문에 우리도 위험을 심각하게 받아들이고 있습니다."

'잘 안다기보다는 아는 게 그것뿐이지만.'

당시에도 직감적으로 조만간 그게 문제가 될 거라고는 생각했다.

자신이 연관될 줄은 몰랐지만.

"악플을 달아 대는데 그로 인해, 하아…… 직접 보시겠습니까?"

아무래도 몇몇 악플은 따로 골라서 가지고 온 건지 노형진에게 그걸 건네는 하승하.

거기에는 온갖 욕이 다 있었다.

죽어 버리라는 말은 평범하다 할 정도였고, 뒤를 캐서 죽여 버린다는 것도 있었다.

"얼씨구?"

심지어 어떤 놈들은 실제로 가족의 거처와 정보를 알아내기까지 했다.

"가족분들이 계신가요?"

"네, 가족이 있습니다."

결혼했고 슬하에 어린 아들이 하나 있다고, 피직스는 말했다.

"정말 미치겠습니다. 물론 제가 개인 방송으로 먹고살고 있는 건 맞습니다. 하지만 이건 아닌 것 같습니다."

가족들이 생명의 위협을 받고 있는 상황에서 마음 편하게 활동할 수는 없다.

"콘텐츠를 만드는 것도 힘듭니다. 이걸 가지고 뭘 만들면 또 누가 뭐라고 하겠지. 이게 불편하지는 않을까? 저게 불편하지는 않을까? 불편하다고 정말 내 가족에게 무슨 짓을 하는 건 아니겠지?"

"흠……."

노형진은 그 말을 들으면서 입맛을 다셨다.

딱 자신이 예상했던 대로 돌아가고 있었다.

"사실 피직스 씨만의 문제가 아닙니다. 저도 어떻게든 해 보려고 했지만 정말 방법이 없어서요."

라이스엔터에는 피직스 말고도 다른 개인 방송인들이 많이 있다.

당연하게도 라이스엔터에서 일하는 대부분의 개인 방송인들은 똑같은 문제로 고통받고 있다는 거다.

이것이 법이다

"가장 좋은 방법은 댓글을 읽지 않는 것입니다만."

"그게 문제입니다. 저희는 단순히 개인 방송만 하는 게 아니거든요. 수익 모델이 다르니까요."

일단 방송 자체는 트릭스라는 인터넷 방송에서 하고, 그 후에 그걸 편집해서 올리는 사람이 있다고 한다.

그리고 일의 특성상 그러한 댓글을 읽는 것 역시 업무의 영역이라는 거다.

"저도 한때 방송계에 있었지요. 이런 악플러 문제로 인해 연예인들에게 댓글을 읽지 말라고 한다는 것쯤은 알고 있습니다. 하지만 인터넷 방송계는 업무 영역의 특성상 댓글을 안 읽을 수가 없습니다. 그런 걸 보면서 소통하는 게 주요 콘텐츠이니까요. 그리고 도네 문제도 있고요. 아, 도네는 후원을 말합니다."

"그건 알고 있습니다."

"네, 일단 그 후원을 받으면 후원자의 메시지가 창에 올라오는데…… 그걸 가지고 협박하는 놈들도 있습니다."

일반적인 댓글은 댓글 창이나 채팅 창에 올라오는데 후원하면서 쓰는 글은 따로 화면에 뜨거나 화면의 상단에 도드라지게 뜨는 경우가 많다고 한다.

"그런 식으로 하다 보니 스트레스 받는 사람들이 많습니다."

"악플로 고소하시죠? 이건 어떻게 보면 간단한 문제인데."

"저도 그러고 싶지요. 하지만 한두 명이 아니라서……."

"한두 명이 아니라 수억 명이라도 해야 하는 겁니다."

"물론 처음에는 했지요. 하지만 그게 답이 안 나옵니다."

처음에는 심한 악플러를 고소했다.

그랬더니 돈독이 올랐네, 올바른 사람들을 협박하네 하는 식으로 지랄하며 분탕을 치기 시작했다는 게 문제.

"그나마 실시간 방송은 매니저들이 관리하면서 강퇴라도 시키는데요."

나중에 다시 보기나 개인 방송으로 올리는 영상들에는 그런 글들이 워낙 많이 달려서 답이 안 보인다는 것이다.

"다른 변호사들에게 가서 물어보니까 어쩔 수 없다고, 포기할 건 포기하라고 하더군요. 공인이라면 겪어야 하는 일이라고."

노형진은 욕이 절로 나왔다.

'변호사 새끼들이 공인의 개념도 모르면 어쩌자는 거야?'

공인이라는 건 공적인 일을 하는 사람들을 의미한다.

쉽게 말해서 공무원 또는 정치인을 의미하는 거다.

방송에 나오는 사람들이나 연예인들을 보고 공인이라고 주장하는 사람들은 애초에 공인의 개념조차도 이해 못 하는 놈들인 셈이다.

엄밀하게 말하면 그들은 공인이 아니라 유명인으로 분류되어야 하고, 그들에게 적용되는 건 공무원법이 아니라 일반 법이다.

물론 유명인인 만큼 사람들에게 본을 보여야 한다는 점에서 좀 더 엄중한 윤리적 기준이 요구되는 건 사실이지만, 그 두 가지는 확실히 구분해야 한다.

"그런데 어떤 분이 여기로 가면 방법이 있을지도 모른다고 하더군요."

"흠……."

노형진은 스윽 하고 서류를 바라보았다.

"일단 방법이 아예 없는 것은 아닙니다."

"네? 진짜입니까?"

"네. 물론 쉽지는 않을 겁니다만."

노형진은 저주로 가득한 종이들을 보면서 속으로 혀를 끌끌 찼다.

'이런 짓을 하는데도 버티는 건 참…….'

이 정도의 악플을 보고 산다면 멀쩡한 사람들도 미치게 될 것이다.

"하지만 이제부터 조건을 좀 달아야겠습니다."

"네? 조건요?"

"사과하지 마세요."

"네?"

그건 뜬금없는 말이었기 때문에 두 사람은 이해가 가지 않는 표정으로 노형진을 바라보았다.

"이 사건은 단순히 악플 문제가 아닙니다."

"악플 문제가 아니라고요?"

"네. 애석하게도 악플만의 문제라면 고소로 해결할 수 있겠지만⋯⋯."

노형진은 쓰게 웃었다.

"두 분⋯⋯ 아니지, 라이스의 대응이 결국 사건을 키운 겁니다."

노형진의 말에 라이스의 사장인 하승하는 어리둥절한 표정이 되었다.

자신들의 대응이 사건을 키웠다니?

"저희가요? 저희가 뭘 잘못했는지 모르겠습니다."

"처음에는 악플러 사건이었지요."

처음에 악플러들이 꼬이는 건 당연한 일이다.

악플을 다는 놈들은 절대 사라지지 않는다.

본인들의 자격지심과 불만을 악플로 풀어 버리기 때문에, 그들은 어떻게 해서든 악플을 달 대상을 찾아내고 물어뜯는다.

"더군다나 요즘은 연예인들에게 붙는 악플러들이 많이 줄었습니다."

그럴 수밖에 없다.

노형진이 엔터테인먼트조합을 만든 후에 가장 먼저 한 것 중 하나가 바로 악플러의 고소로, 선처는 없다는 걸 확실하게 보여 줬으니까.

실제로 악플러들이 걸리면 나이와 상관없이 무조건 민사

소송까지 가서 거덜을 낸다.

엔터테인먼트조합의 가입 조건 중 하나가 바로 악플러들의 고소에 대해서는 선처하지 않는다는 것일 만큼, 노형진은 그들을 박멸하기 위해 노력했다.

그리고 최근에는 아예 악플러들에게 먹잇감으로 다른 악플러들을 던져 주는 방송을 해서 그들끼리 싸우게 만들었다.

"저도 그 방송은 봤습니다. 그런데 그거랑 제가 무슨 관계라는 건지 모르겠습니다."

"사과한 게 잘못이라는 겁니다."

"제가 사과하게 만든 게요?"

"네."

악플러들이 뭘 하든 무시하든가 고소로 대응했어야 했다.

하지만 라이스엔터테인먼트와 하승하는 그 대신에 사과라는 선택을 했다.

문제는 그 사과가 악플러들에게 승리감을 줬다는 거다.

"전에 어떤 심리학자와의 대담에서 악플러가 한 말이 있지요. 가장 싫어하는 댓글이 '먹이를 주지 마시오.'라는 것과 '정신병은 나을 수 있는 병입니다.'였다고요."

즉, 그들을 퇴치하는 가장 좋은 방법은 그들에게 신경을 쓰지 않는 것이다. 그들이 원하는 것은 바로 사과이고, 그렇게 함으로써 자신들의 자존감을 채우려고 하는 게 악플러들의 방식이니까.

"개인 방송을 하는 다른 곳에 가 보세요. 좀 뻔뻔하다고 하는 사람들이 운영하는 곳들이 있을 겁니다. 소위 말하는 질이 좋지 않은 사람들이 하는 곳요. 그곳에 악플러들이 얼마나 있던가요? 가령 제국연구소 같은 곳 말입니다."

제국연구소는 일본을 찬양하고 일본 덕분에 한국이 발전했다는 논리를 펴는 미친놈들이다.

사람들은 그곳의 댓글난이 온갖 욕으로 도배되어 있을 거라 생각하지만 의외로 그런 댓글은 별로 없다.

"왜 그럴 것 같습니까?"

"글쎄요……."

"뻔뻔하거든요."

한국의 개인 방송에서 그런 말도 안 되는 주제로 대놓고 얼굴을 까고 방송하는 놈들이다.

그것도 심지어 대학교수까지 패널로 들어가 있다.

그런 놈들은 욕을 아무리 먹어도 절대 바뀌지 않는다.

그리고 사람들은 그걸 안다.

실제로 제국연구소가 처음 생겼을 때만 해도 욕이 어마어마했지만 지금은 거의 없다.

"아무리 악플을 달아 봐야 바뀌는 것도 없고 반응도 없으니까요. 즉, 재미가 없는 겁니다."

그러니 일부 사람들이 잘못 들어왔다가 빡쳐서 단 댓글 말고는 딱히 악플이 달리지 않는다.

"그들이 원하는 건 반응입니다. 그나마 고소로 반응했으면 떨어져 나갔을 텐데 사과라니, 최악의 선택을 하신 거죠."

"으음……."

하승하는 신음을 흘렸다.

설마 자신의 선택으로 일이 이렇게까지 되었을 줄은 몰랐으니까.

그저 너무 시끄러워서 잠잠하게 하려고 사과했던 것뿐인데 말이다.

"여러분이 잘못된 프로그램을 만든 건 아닙니다. 하지만 사과는 잘못된 겁니다. 그 사과가 다른 미친놈들마저 추가로 불러온 거니까요. 어떻게 보면 악플러들보다 더 지독한 놈들을요."

"다른 미친놈들요?"

"네. 악플러는 사실 병신들이지만 퇴치는 가능합니다."

무차별적으로 고소해서 그 사실이 소문나기 시작하면 악플러들은 도망간다.

실제로도 몇 번이나 그랬다.

뒤에서는 온갖 욕을 하지만, 고소장이 들어오는 순간 악플러들은 꼬리 말고 모조리 튀어 버렸다.

"하지만 사과로 인해 기어들어 온 놈들은 도망도 안 갑니다."

"누군데요?"

"순교 주의자라고 해야 할까요, 정의 주의자라고 해야 할까요?"

"네?"

"법률적으로 본다면 확신범이라고 표현하면 될 것 같습니다."

확신범.

자신의 행동이 올바르다고 생각하면서 그 범죄를 저지르는 자들.

보통 테러범 중에 그런 확신범들이 많다.

"그들은 자신들의 행동이 올바르다고 생각하고, 정의라고 믿습니다. 문제는 거기서 발생합니다."

자기는 정의이고, 상대방은 악이다.

당연히 악은 처단해야 하고 죽여야 한다.

악을 죽이기 위해 선이 할 수 있는 일에 한계란 없다.

"설마요?"

"몸에 폭탄 두르고 자폭하는 놈들이 그런 타입입니다. 설마라는 말은 안 통합니다. 물론 이놈들이 진짜로 그럴 놈들은 아니죠. 하지만 그들은 스스로를 그렇게 생각합니다. '나는 순수하고 깨끗하며 정의롭다. 따라서 남을 욕하고 협박해도 괜찮다. 나는 순수 정의 그 자체니까.' 물론 그건 개소리고요. 사실 제 경험상 이런 놈들은 테러범만도 못해요. 자기가 불이익을 당하는 건 못 참으니까요. 어찌 되었건 사상을 가지고 있어서 제가 개인적으로 사상범으로 분류하기는 합니다만."

자신이 못났다는 진실을 인정하기 싫으니 자신이 너무 순수하고 깨끗한 탓에 타락한 세상에서 불이익을 받고 있다고 포장하고, 세상을 정화하는 게 자신의 미래를 밝히는 거라고 포장하는 거다.

　하지만 그건 어디까지나 그들의 개소리일 뿐이다.

　"아니, 왜…… 그런 놈들이 오는 겁니까?"

　"사과하셨잖습니까? 그게 문제인 겁니다."

　사과하지 않고 그냥 고소와 고발로 악플러들을 잠재웠어야 했다.

　그런데 도리어 사과했다.

　사과했다는 것은 역시 방송한 놈이 잘못했다는 뜻.

　즉, 방송한 놈은 악.

　그리고 악은 죽어야 한다.

　"미친놈의 간단한 논리죠. 그놈들은 악플러들과 비슷합니다. 하지만 한계란 게 없어요. 일단은 그런 놈들을 불편러라고 부르겠습니다."

　악플러나 불편러나, 기본적인 감성은 똑같다.

　'나는 바닥인데 왜 저 새끼들은 잘 먹고 잘 사는가?', '왜 저들은 나보다 잘났는가?'라는 열등감에서 시작된다.

　"하지만 그 행동 패턴은 다르죠."

　일부는 상대방을 욕하고 끌어내리면서 자신의 자존감을 채우려고 하고, 다른 일부는 상대방의 부정한 부분을 공격해

자신이 올바르고 정의롭게 산다는 것을 확인하면서 자신의 자존감을 채우려고 한다.

"전자는 겁만 주면 도망갑니다. 무시해도 반응이 없으면 그냥 가 버리죠. 하지만 후자는 다릅니다."

자신은 정의로우니까, 자신은 도덕적으로 더 우월하니까 자신을 내보이고 싶어 한다.

정확하게는 증명하고 싶어 한다, 자신의 도덕적 우월성을.

하지만 힘이 있는 자는 두렵다.

그렇다면 누구를 노려야 할까?

당연히 힘도 없고 저항도 못 하고 자신보다 우월한 놈들이다.

"얼마 전에 제가 악플러 사건을 해결한 적이 있지요."

그때도 그들의 불만은, 좀 더 나은 사람들보다 자신들이 열등하다는 것이었다.

"사실 본인의 열등감을 해결하기 위해 절대 해결하지 못하는 문제에 매달리거나 작은 흠집이라도 있는 사람을 공격하는 사람은 어마어마하게 많습니다."

"설마 제가 사과한 게 그런 도덕적 우월성을 가진 사람들을 불러들였다는 겁니까?"

"아뇨, 도덕적 우월성을 가지고 있는 놈들이 아닙니다. 그런 사람이었다면 애초에 이런 짓을 하지 않지요."

다만 자기들이 도덕적으로 우월하기에 뭘 해도 괜찮다고 착각하는 미친놈들일 뿐이다.

"요즘 시위하러 다니는 그 이상한 단체 있지요? 육식에 반대한다고, 육식은 살인이라고 주장하고 다니는 놈들."

"네, 봤습니다."

"그런 놈들입니다."

"아⋯⋯."

그들은 자기들이 다른 사람들보다 도덕적으로 우월하다고 생각한다.

그래서 온갖 패악질을 한다.

식당에 들어가서 고기를 먹는 사람들을 모욕하거나, 고기는 살인이라고 욕하거나, 돼지 농가에 몰래 들어가서 갓 태어난 새끼 돼지를 구한답시고 훔쳐 오는 등의 행동을 한다.

"물론 그 결과는 다 좋지 않았지요."

일단 식당에서 업무방해로 고소를 넣은 건 당연한 일이었고, 훔쳐 간 새끼 돼지는 제대로 된 케어를 받지 못해서 끌고 간 지 사흘도 되지 않아서 죽어 버렸으며, 그 어미 돼지 역시 자식을 빼앗긴 충격에 제대로 먹지도 못하다 폐사했다.

그런데 죽인 건 자기들인데도 그들은 돼지를 위해 진혼제를 지낸답시고 설레발을 치기도 했었다.

"실제로 그런 신념을 가진 범죄자들은 반성하지 않습니다."

"하지만 피직스는 아무런 행동도 하지 않았습니다."

"그게 문제입니다. 아무것도 하지 않았잖습니까? 정상적인 콘텐츠였고요. 그런데 왜 사과하신 겁니까?"

"그거야 시끄러우니까⋯⋯."

"그게 문제인 겁니다. 사과하면 그냥 쉽게 넘어갈 거라 착각하기 쉽습니다만."

하지만 그런 경우 온갖 파리가 달려들어서 물어뜯는다.

"하지만 제때 사과하지 않으면 인성이 나쁘다는 소리를 듣습니다."

그 말에 노형진은 코웃음을 쳤다.

"물론 인성이 중요하기는 하지요. 하지만 자기가 잘못하지도 않은 것에 대해 사과하는 것으로 인성이 좋다는 소리를 들을 것 같습니까, 아니면 병신이라는 소리를 들을 것 같습니까?"

하승하는 뭐라고 대꾸도 못 했다.

계속해서 사과한 결과가 어떤 것인지, 지금 누구보다 확실하게 느끼고 있기 때문이다.

실제로 개인 방송인 중에 사과하고 반성하고 고치는 사람들은 더더욱 악착같이 물어뜯기지만, 뻔뻔한 사람들은 잘 먹고 잘 산다.

"사과에는 철칙이 있습니다. 첫째, 명백히 자기가 잘못한 것에 대해서만 사과할 것. 남이 뭐라고 하든 그건 신경 쓰지 마세요."

사과를 요구하는 사람들이 피해자인 경우도 있지만 가해자인 경우도 있다.

심지어 강간범이 피해자에게 네가 나를 유혹해서 강간하게 했으니 사과하고 배상해야 한다고 주장하는 걸, 노형진은 본 적이 있다.

"둘째, 불특정 다수에게 사과하지 말 것."

불특정 다수에게 사과하는 경우, 결국 그들이 계속해서 물어뜯을 핑계를 만들어 줄 뿐이다.

물론 불특정 다수에게 사과해야 하는 경우가 발생할 수는 있다. 하지만 일반인에게 그런 경우가 과연 얼마나 되겠는가?

"셋째, 모든 사과에는 금전적 배상이 따라갈 것."

상대방을 특정하고 사과하는 것만으로는 부족하다.

만일 자기 잘못이 확실하다면 스스로 배상하려는 노력을 보여 줘야 한다.

그러지 않으면 입만 살아서 말로만 사과하고 퉁치려고 하는 것으로 보인다.

"그런데 이번 사건은 그중 어떤 것도 지키지 않으셨지요."

잘못한 것도 없는데, 불특정 다수에게, 말로만 사과했다.

"그러면 제가 어떻게 해야 합니까? 지금이라도 사과 영상을 내려야 할까요?"

"아니요. 이미 늦었습니다."

그걸 내리면 저쪽은 이제는 아예 반성도 하지 않는다고 욕하기 시작할 거다.

이미 그들의 머릿속에는 '피직스=범죄자'라는 생각이 박혀 있다.

"그건 그냥 두세요. 어차피 물어뜯기는 건 똑같고, 내려 봐야 '거봐라, 사실은 반성 안 한다.'라는 소리만 나오니까요."

"그러면 역시 명예훼손으로……."

노형진은 고개를 흔들었다.

"그것도 안 됩니다."

"네? 어째서요?"

"일단 명예훼손은 한국에서 별거 아닌 걸로 취급받고 있습니다. 그리고 이런 사건에서 상대방의 입을 막을 때 가장 많이 쓰는 게 명예훼손 또는 허위 사실 유포입니다. 일단 사과한 이상 그게 먹힐 리도 없고요."

사과한다는 것은 죄를 인정한다는 것. 그러니 그런 건 안된다.

"그러면 어쩌란 말입니까? 사과해서도 안 된다, 싸워서도 안된다."

피직스는 지쳤다는 듯 말했다.

"제 아내와 아이는 안전 문제로 호텔을 전전하고 있습니다. 그걸 제가 언제까지 두고 봐야 한단 말입니까?"

"답은 나왔네요. 알면서 왜 그러십니까?"

"네?"

"지금 피직스 씨의 집과 가족에 대해 드러난 상황입니다. 얼굴과 주소가 특정되었지요. 그리고 인터넷에서는 공공연

하게 당신을 죽여 버린다고, 가족도 죽여 버리겠다는 글이
올라와 있습니다."

"그러니까 미치겠다는 말입니다."

"미치겠는 게 아니라, 살인 협박으로 고소해야지요."

"살인 협박요?"

노형진의 말에 피직스는 당혹스러운 표정을 지었다.

"왜 다들 명예훼손이나 허위 사실 유포만 생각하는지 모르
겠군요. 물론 그게 그들의 기본적인 범죄행위이기는 하지만,
이 건은 그들이 명백히 살인 협박을 했잖습니까."

그것도 그냥 말로만 한 게 아니다.

실제로 협박하기 위해 대상을 특정하기까지 했다.

"물론 뒤를 캐서 주소를 특정한 놈들과 죽이겠다고 한 놈
들은 다른 놈들이겠지요. 하지만 그렇다고 해서 그들이 인터
넷에 공개된 주소를 보고 찾아오지 못하는 건 아닙니다."

이미 살인의 고의를 보인 이상 그들의 범죄행위는 확정적
이다.

'우리나라는 죽인다는 말을 참 쉽게 한단 말이지.'

조금만 화가 나면, 수틀리면 죽여 버린다고 한다.

물론 그게 감정을 배설하는 방법이라는 건 안다.

하지만 그 외에도 다양한 감정을 해소하는 방법이 있음에
도 굳이 그 방법을 택하는 이유는, 현실적으로 그 방법이 상
대에게 큰 압박감을 줄 수 있기 때문이다.

"미국 같은 경우는 장난으로라도 죽여 버린다고 하면 실제 사건으로 처리됩니다."

미국에서는 어떤 청소년이 인터넷으로 싸우다가 죽여 버리겠다고 말하자 실제로 경찰에서 출동해 살인미수로 체포했다.

부모는 단순히 어린애가 화가 나서 한 말이라면서 어떻게 해서든 막으려고 했지만 경찰은 무조건 체포했다.

물론 그건 어디까지나 미국의 특성 때문이다.

미국은 총기를 구하는 게 어렵지 않고, 아무리 어려도 방아쇠를 당길 힘만 있으면 사람을 죽일 수 있으니까.

'우리나라는 경찰이 참 지랄맞단 말이지.'

죽이겠다는 말은 분명 협박에 들어간다.

그에 따른 처벌을 해야 한다.

그런데 한국 경찰은 싸우다 보면 얼마든지 나올 수 있는 말이라고 가볍게 생각한다.

"하지만 그건 어디까지나 이쪽에서 가만히 있을 때의 이야기입니다."

만일 이쪽에서 그걸 가지고 강하게 어필한다면? 그리고 항의한다면?

"경찰은 그에 따라 움직일 수밖에 없습니다."

"고작 인터넷 댓글로요?"

노형진은 머리를 긁적거렸다.

"고작이라고 할 수는 없죠. 중요한 건 우리가 고발하는 것입니다."

물론 그 과정에서 혐의 없음이나 무죄가 나올 수도 있다.

"그러면 뭐 어떻습니까? 중요한 건 이 미친놈들을 막는 건데요."

노형진의 말에 하승하와 피직스는 고개를 끄덕거렸다.

돈이 없어서 고민하는 게 아니다.

그들은 평온한 삶을 살고 싶어 할 뿐이었다.

"일단 죽이겠다는 놈들을 살인 협박으로 신고하지요. 숫자가…… 와우, 한 3천 명쯤 되겠는데요?"

단순한 악플 정도가 아니라 진짜로 죽여 버리겠다고 협박한 사람의 숫자가 3천 명.

"일단 그들부터 시작합시다."

노형진은 담담하게 말했다.

익명성의 그림자 뒤에

   자신이 정의라고 생각하는 놈들의 특징은 공격을 멈추지
않는다는 거다.

   사실 일반적으로 사람들이 생각하는 그런 악플은 대부분
단발성이기에 고소한다고 해도 제대로 처벌받지 않는다.

   협박의 고의 같은 게 인정되지 않기 때문이다.

   "하지만 이런 놈들은 좀 다르지요. 필요에 따라서는 실제
로 살인도 불사하는 놈들입니다."

   고소장의 수는 어마어마했다.

   노형진이 고소장을 전부 가지고 가자 경찰은 당연히 불편
한 얼굴이 되었다.

   "아니, 노 변호사님. 그래도 이건 좀……."

"고작 3천 건뿐입니다만?"

"고작이라니요? 저희 죽습니다, 진짜."

"그렇다고 사람을 죽이겠다고 협박하는 놈들을 그냥 둘 수는 없지 않습니까?"

"이건 협박이라기보다는 욱해서 하는 말이지 않습니까?"

'또 또 시작이네.'

경찰들은 이런 사건을 극도로 싫어한다.

그러니 어떻게 해서든 접수를 피하고 싶어 한다.

변호사인 노형진이 담당한 사건에도 이 정도이니 일반인과 관련된 사건은 얼마나 접수를 거부하겠는가?

'정리해도 이 지랄이니. 시스템 자체가 문제야.'

정치적인 부분에 대해서는 그래도 많이 정리했지만 일상적인 부분에 대해서는 어떻게 손대지 못하는 게 현실이다.

그리고 사명감이나 심리검사 없이 오로지 시험으로만 뽑아내다 보니 요즘 상당수 경찰들에게 경찰이라는 집단은 월급을 주는 직장이라는 개념이 더 강했고, 당연히 일은 최대한 안 하면서 돈만 많이 벌고 싶어 하는 상황이 벌어지곤 했다.

"그러면 책임지세요."

"네?"

노형진은 이럴 때 대응하는 방법을 알고 있었다.

"여기 각서랑 합의서. 아, 혹시 모르니까 녹음까지 하지요."

그렇게 말하며 그는 미리 준비한 각서와 합의서, 녹음기를 내밀었다.

"만일 접수를 거부해서 피해가 발생한다면 그 모든 책임을 지겠다는 각서를 써 주시고 녹음하시죠. 아, 공증인으로 서장님이랑 여기 감사 팀장님 부르면 되겠네요. 안전을 위해 검사님도 한번 부르죠."

"그런 게 아니라, 일이 너무 많다 이거죠. 좀 줄여 주시면……."

"어떻게요? 이 중에서 어떤 놈이 와서 사람을 죽일지 모르는데? 어, 혹시 아세요? 지금 아시면서 방치하고 계신 거예요? 우와, 이거 공범 아닙니까?"

경찰이 땀을 뻘뻘 흘리자 보다 못한 과장이 나서서 노형진을 말렸다.

"자, 자. 노 변호사님. 신참이라 세상 물정을 몰라서 이러는 건데, 그만하시죠."

"그만하게 생겼습니까?"

"아, 뭐 해? 접수 안 해?"

과장이 재촉하자 직원은 다급하게 서류를 받아 들어갔다.

과장은 노형진을 데리고 커피를 마시는 곳으로 향했다.

"좀 잠잠하다 싶더니 왜 저럽니까?"

노형진의 악명은 상당히 알려져 있기에 일반적인 경찰이라면 방금 같은 헛소리는 하지도 않는다.

"더군다나 자기들이 수사하는 것도 아니고."

노형진이 고소장을 가지고 왔지만 그걸 수사하는 건 수사관들이지 여기 민원실의 책임이 아니다.

물론 민원실에서도 그걸 분류하고 배정해야 하니 문제가 되겠지만 말이다.

"얼마 전에 순환이 있지 않았습니까? 새로 온 애라 정신이 없습니다."

"이거야 원, 제대로 뭘 해 보겠다는 경찰이 없네요."

노형진은 과장의 말에 혀를 끌끌 찼다.

과장이야 순환의 대상이 아닌지라 이번에 남았지만, 매번 보직 순환이 이루어지고 나면 꼭 한 번은 있는 일이었다.

"그거 다 알고 각서랑 녹음기까지 준비하신 거 아닙니까?"

"과장님도 사실 다 알고도 미리 경고해 주시지 않은 거잖아요."

"뭐, 몸으로 배우는 게 가장 빠르니까요."

후루룩 커피를 마신 과장이 말했다.

사실 노형진이 억하심정이 있어서 경찰들을 말려 죽이려고 이렇게 사건을 가지고 오는 게 아니다.

"이렇게 거하게 일을 키우시는 걸 보니까 노리시는 게 있나 본데, 뭡니까?"

"유튭과 관련된 일입니다. 유튭에서 자의적으로 판단하는 게 심각하니까요."

"아시나 보네요."

"모르겠습니까, 지금 유튭 사건이 얼마나 많은데."

노형진이 유튭과 관련해서 이렇게 일을 키우는 것은 사실 단순히 피직스와 하승하를 위해서가 아니었다.

"이거 명예훼손이나 모욕으로 고발해도 자료 안 주죠?"

"하하하하, 다 알고 오셨네요."

"다 안다니까요. 우리나라 기업 아니지 않습니까? 소문이 파다한걸요."

유튭이나 핫그램 같은 외국계 기업은 기본적으로 한국의 법을 무시하는 성향이 강한 편이다.

그들은 자기들 기준에 맞춰서 판단하기에 한국의 사법 시스템의 요구를 무시하는 경우가 많다.

예를 들어 미국에서 명예훼손이나 모욕은 민사의 영역이지 형사의 영역이 아니다.

그렇다 보니 외국계 기업들은 그런 죄목으로 자료를 요구받아도 주지 않는 것으로 유명했다.

물론 정식으로 영장이 나오면 주기는 하지만, 문제는 대한민국에서 그런 명예훼손이나 모욕으로 영장이 나오려면 피해 정도가 엄청나게 심해야 한다는 거다.

그래서 피해자가 백 명 넘게 고소해도 그중 열 명이나 나오면 다행인 게 현실이었다.

"하지만 이건 살인 협박이니까요."

당연히 미국 회사라고 해도 살인 협박은 무시할 수가 없다.

"다른 곳도 아닌 미국계 회사인 만큼 그로 인한 책임을 져야 되면 피해가 엄청 심각해지거든요."

미국에서 인터넷으로 살인 협박을 하는 경우 회사는 지체하지 않고 관련 정보를 넘긴다.

왜냐하면 그걸 개인 정보 보호가 우선이라고 해서 막다가 실제로 살인이 발생하기라도 하면 그 사회적 책임과 배상은 회사 몫이 되니까.

"그래서 살인 협박으로 고소하신 겁니까?"

"틀린 건 아니지 않습니까?"

노형진은 어깨를 으쓱했다.

"그들은 죽인다고 했고, 이미 몇몇 놈들에 의해 가족의 위치와 얼굴까지 공개된 상황이에요."

"거참, 법이라는 게…… 알다가도 모르겠다니까요."

과장은 고개를 절레절레 흔들면서 말했다.

"그래도 이번에는 좀 너무합니다만. 저쪽에서 안 줄 것 같은데요. 3천 건이 넘는 살인 협박이라니, 이건 말도 안 되죠."

인터넷에서 검색되는 살해와 관련된 말은 모조리 엮어서 살인 협박으로 고소했으니, 당연히 저쪽도 바보가 아닌 이상 주지 않으려고 할 게 뻔하다.

"압니다. 그걸 알아서 저렇게 한 겁니다."

"네?"

"이런 경우는 모 아니면 도거든요."

"모 아니면 도요?"

"네. 뭐, 일단 기다려 보세요. 아마 재미있는 일이 벌어질 겁니다."

노형진은 씩 웃으며 말했다.

⚖️

아니나 다를까, 유튭에서는 요구 자료가 너무 광범위하다면서 정보의 제공을 거부했다.

자료에 심각한 살인의 협박뿐만 아니라 관련되지 않은 것까지 포함되어 있어 개인 정보를 보호해야 할 필요가 있다는 이유로 말이다.

"뭐, 예상에서 한 치도 안 어긋나네요."

"그런데 진짜로 어쩌실 생각입니까? 저는 노 변호사님의 행동이 이해가 가지 않는데요. 진짜 위험한 놈들만 잡으면 될 것 같은데, 굳이 이렇게까지……."

무태식은 굳이 사건을 키우는 노형진이 이해가 가지 않았다.

수십 번에 걸쳐서 협박한 놈들과 한 번 죽여 버린다고 쓴 놈들을 똑같이 처리했으니 어떻게 보면 유튭에서 저렇게 반응하는 것도 당연했다.

"장기적인 플랜입니다."

"장기적인 플랜?"

"네. 이번에는 살인 협박으로 넣었지요. 하지만 자료를 보시면 알겠지만, 악플을 달고 사람을 말려 죽이려고 하는 놈들에 비하면 살인 협박을 한 놈들은 말 그대로 새 발의 피입니다."

"그렇더군요."

무태식은 고개를 끄덕거렸다.

댓글의 수에 비해 그렇게 극단적으로 선을 넘는 놈들은 그다지 많지 않다.

"중요한 건 정의를 지킨다고 주장하면서 혼란을 야기하는 놈들입니다."

인신공격을 하면서 뒤를 캐는 놈들, 그리고 잘 알지도 못하면서 무조건 욕부터 하는 놈들.

"그들은 직접적으로 사람을 죽이겠다고는 하지 않지만 현실적으로는 사람을 말려 죽이지요. 하지만 문제는 그게 협박으로 인정되지 않는다는 거죠."

인터넷 악플 정도로만 해석되니, 당연하게도 유튭에서 그들에 대한 정보는 주지 않을 가능성이 크다.

실제로 인터넷에서 찾아보면 유튭이나 핫그램 같은 해외 사이트는 정보를 주지 않으니까 마음 놓고 욕해도 된다고 하는 놈들이 있다.

반은 맞고 반은 틀리다.

"그런 놈들과 싸우기 위해서는 일단 유튭에 계속 도움을 받을 수 있게 그들과 협상을 해 놔야 합니다."

"협상요?"

"네, 협상. 그들을 이길 수는 없지만, 협조 정도는 받을 수 있도록요."

"하지만 대체 무슨 협상을 할 수 있다고 하시는 건지……?"

노형진은 씩 웃으며 말했다.

"이제 우리는 핀란드로 갈 겁니다."

그 말에 무태식은 입을 쩍 벌렸다.

⚖️

뜬금없는 핀란드행.

다짜고짜 핀란드로 가자는 노형진의 말에 무태식은 공동 변호사로서 같이 왔다.

"핀란드. 영원한 겨울의 나라. 그리고 영구 동토의 나라. 뭐, 세계적으로 온난화가 계속되어서 쪼끔 더 따뜻해졌다고 는 하는데요, 그래도 여전히 추운 나라죠."

노형진은 창문 밖으로 흘러가는 어마어마한 숲을 보면서 말했다.

핀란드. 그곳의 시골에 있는 작은 법원을, 그들은 찾아가 는 중이었다.

"이 일이 이번 사건의 핵심이 될 겁니다."

"저기, 저는 도무지 이해가 안 가는데요. 핀란드가 이번 사건과 무슨 관련이 있나요?"

"이게 관련이 있지요."

노형진은 미리 준비한 서류들을 흔들었다.

살인 협박과 관련된 자료들과, 유튭에서 관련 자료 제공을 거부했다는 증명.

"이게 전 세계의 눈을 여기로 끌어올 겁니다."

"전 세계요? 뜬금없이?"

"네, 뜬금없이요. 유튭 입장에서는 엄청 부담스러울 테고요."

노형진이 그렇게 말하는 사이 그들은 시골의 작은 마을에 도착했다.

그러자 금발의 여자가 노형진과 무태식을 맞이했다.

"앙겔 하슬러라고 합니다. 한국에서 온 노형진 변호사님과 무태식 변호사님이 맞으신가요?"

"맞습니다. 제가 노형진이고 이쪽이 무태식 변호사님입니다. 무태식 변호사님, 이분은 앙겔 하슬러라고, 여기 변호사님입니다."

"무태식입니다."

무태식은 인사하면서도 노형진을 이해하지 못하는 표정으로 바라보았다.

"이제 서프라이즈는 그만하시고 여기에 오신 이유를 말씀해 주시지요?"

"하하하, 그러지요. 핀란드, 이 영구 동토의 나라에 뭐가 있는지 아십니까?"

"모릅니다만."

"유튭의 메인 서버가 있습니다."

"네? 뜬금없이요? 미국도 아니고 핀란드에요?"

"비용의 문제죠. 게임을 하셔서 아시겠지만 컴퓨터가 내뿜는 열기는 생각보다 어마어마합니다."

작은 컴퓨터 하나도 발열을 잡는 게 쉽지 않아서, 컴퓨터의 발열을 잡는 것은 모든 컴퓨터 부품 업체들의 핵심 연구 과제 중 하나다.

"그리고 유튭은 전 세계에서 초 단위로 어마어마한 양의 동영상이 업로드되고 저장되고 있습니다. 삭제되는 것보다 쌓이는 게 압도적으로 많지요. 그러면 그 열이 얼마나 될까요?"

"아하! 이해가 가는군요."

그 어마어마한 양의 서버 열기를 에어컨을 돌려서 잡는다? 그건 명백하게 한계가 있다.

좀 커다란 회사의 메인 서버도 에어컨을 꺼 버리면 퍽퍽 나가는 게 현실인데, 전 세계의 영상이 올라오는 유튭의 특징을 생각하면 서버의 발열을 잡는 게 가능할 리가 없다.

"당연하게도 기업은 어떻게 해서든 경비를 낮추려고 합니다. 그러면 그들이 쓸 수 있는 방법은 뭘까요?"

"자연 냉각이군요."

"맞습니다."

영구 동토의 나라라 불리는 핀란드. 그곳은 그런 주요 전 세계 인터넷 기업들의 서버가 모이는 편이다.

일단 사시사철 서늘한 데다가 유럽 다른 지역에 비해 땅값이 싸기 때문이다.

"오죽하면 물속에다가 서버실을 만들어서 자연 냉각을 시키려고 하는 방법도 찾아보고 있지요."

하지만 그런 경우 작은 누수라도 발생하면 서버가 망가지기에 상용화는 되지 않았고, 그래서 현재 가장 효율적인 방법은 추운 지방에 두는 것이었다.

"남극이나 북극은 특정 국가의 영토가 아니므로 기업에서 뭔가를 세울 수 없어서 패스. 러시아 같은 경우는 독재국가 성향이 강해서 여차하면 빼앗기거나 차단당할 수 있어서 패스. 그런 여러 가지 조건을 따져 보면 핀란드가 거의 유일한 대안입니다."

물론 한국도 겨울에는 오지게 춥지만, 여름 또한 오지게 더워서 고려 대상이 안 된다.

"그리고 그 지역의 관리는 그 지역의 법원이 하는 법이지요."

조용히 듣고 있던 앙겔 하슬러는 고개를 끄덕거렸다.

"노 변호사님 말씀대로 여기에 유튭의 메인 서버가 있습니다. 정확하게는 여기서 120킬로미터 떨어져 있습니다만, 법적인 관할구역으로 봤을 때 여기 법원이 관할하는 게 맞습니다."

"여기가요?"

법원이라고는 생각도 못 할 만큼 작은 건물.

한국이었다면 아무리 잘 봐야 시골 지역의 읍사무소 정도
나 될 만한 사이즈.

"이 지역은 워낙 넓으니까요. 그에 반해 사람은 거의 살지
않습니다. 핀란드에 대해서 잘 모르시는군요. 외로움을 알고
싶다면 핀란드로 오라는 말이 있지요."

앙겔은 살며시 웃으면서 말했다.

"참고로 앙겔은 이 지역에 있는 네 명의 변호사 중 한 명
입니다."

"네? 고작 네 명이라고요?"

"재판이라는 것 자체가 사람과 사람의 싸움 아니겠습니
까? 그런데 여기는 사람을 만나러 옆집에 가려면 차를 타고
20분을 가야 하는 동네입니다."

당연히 재판이라는 것 자체가 없다.

사람끼리 만나면 반가워하기 바쁘지 싸울 틈이 있을 리가
없다.

"저도 이곳에 적을 두고 있기는 하지만 저를 포함해서 진
짜로 여기에 활동하러 오신 분들은 없습니다. 세 분은 은퇴
후에 내려오신 거고 저도 요양 차원에서 내려온 겁니다."

엄밀하게 말하면 이 지역에서 젊은 변호사는 앙겔이 거의
유일했다.

"여기 재판은 할 수 있는 겁니까?"

"순환 재판입니다. 다음 주에 올 겁니다."

심지어 재판조차도 순환 재판으로, 판사들이 벽지를 돌아다니면서 판결을 내려 준다.

"그래서 여기서 재판한다고요?"

"제가 말하지 않았습니까, 협상할 거라고? 재판하는 게 아니라."

미국이나 한국에서 재판하면 어떻게 될까?

당연하게도 1심에서 3심까지 몇 년이 걸릴 것이다.

유툽 쪽은 시간을 끌면서 어떻게 해서든 자료를 주지 않으려고 할 테고.

그리고 그렇게 해도 얻을 수 있는 것은 결국 그들의 정보뿐일 것이다.

그다음에는 또 재판을 이어 가야 한다.

"하지만 여기에는 그들의 심장이 있습니다. 심장이 멈출 판국인데 그들이 과연 대응을 하지 않을까요?"

노형진은 씩 웃으며 말했다.

⚖️

며칠 후 재판부가 마을에 도착하고, 앙겔은 해당 서버에 대한 압수에 관련된 재판을 청구했다.

당연히 유툽은 난리가 났다.

"뭐? 이게 뭔 헛소리야? 우리 메인 서버를 압수하게 해 달라고?"

"네, 한국에서 노형진이라는 변호사가 찾아와서 현지의 앙겔 하슬러라는 변호사와 함께 청구했답니다."

"아니, 이게 말이나 돼? 그렇게 되면 우리는?"

"서버를 떼어 가서 조사하게 되니 한국 서버가 통째로 멈추게 될 겁니다."

"뭔 말도 안 되는 소리야?"

한 기업의 서버가 완전히 멈춘다는 것은 심각한 문제다.

심지어 다른 곳도 아니고 유튭이다.

스물네 시간 인터넷으로 영업하는 그런 곳.

그런 곳의 서버를 압수해 달라니.

"이게 말이나 돼?"

"문제는 이게 가능할지도 모른다는 겁니다."

다른 사건도 아닌 살인과 관련된 사건이었고, 유튭 쪽에서 관련 자료의 제공을 거부한 상황.

"단순히 자료를 주면 되는 거 아니었어?"

"그게, 우리 쪽에서 한국 쪽의 청구를 거의 받아들여 주지 않아서……."

"뭐? 어째서?"

"한국은 그런 범죄에 대한 정보 요청을 남발하는 경향이 있습니다. 그런데 그게 하필 명예훼손과 모욕에 관련된 자료들이라…….”

“그걸 왜 나라에서 관여해? 총질을 해도 자기들이 하는 거지.”

한국과 다르게 유튭의 본사인 미국에는 그 관련 법이 없다. 그리고 그게 문제가 된 것이다.

“한국은 그러한 행동에 대해 법률적 책임을 묻는 나라입니다.”

“미개한 새끼들.”

“문제는 그걸 청구해도 우리가 잘 주지 않았다는 겁니다.”

자기들 나라에 그런 법이 없으니 별거 아니라고 무시했던 게 유튭이다.

“끄응, 환장하겠군. 여기서 지면 서버가 압류될 거라는 거지?”

“그렇습니다.”

“일단 변호인단을 구성해. 혹시 핀란드에 우리 법무 팀이 있나?”

“거기에는 없습니다, 서버 관리를 하는 팀만 있는지라.”

사실 거기에서 딱히 법률적 문제가 발생할 일은 없었다.

애초에 서버 관리가 목적이라 가능하면 땅값이 싸고 추운 지역에 서버실을 뒀기 때문에 가장 가까이 있는 마을도 도로를 따라 30킬로미터는 가야 한다.

재판할 수 있는 도시도 120킬로미터나 떨어진 상황.

“가능하면 빨리 핀란드 변호사들을 불러.”

“알겠습니다.”

유튭에서는 생각지도 못한 공격에 당황하고 있었지만 진

짜 당황하는 것은 그들이 핀란드에 도착하고 나서부터였다.

⚖️

"방이 없다고요?"

"네, 없습니다."

"아니, 지금 그걸 말이라고 합니까?"

변호사들은 다급하게 재판정에서 가장 가까운 숙소를 얻으려고 했다.

그런데 남은 방이 하나도 없단다.

"어쩔 수가 없어요. 다 예약되어 있습니다."

"여기에 뭐가 있다고?"

관광지도 아니고, 딱히 유명한 게 있는 것도 아니다.

당연히 숙소라고 해 봐야 허름한 호텔 딸랑 하나뿐.

그런데 그마저도 모조리 예약되어 있다고?

"저희야 뭐라고 말씀 못 드리죠. 예약이 다 들어와 있고 돈까지 다 지불되었으니까."

"돈까지 다 지불되었다고요?"

"네. 한 달 치 선불요."

"뭐요? 한 달 치요?"

"네."

"아니, 그런……. 후우, 여기에 다른 숙소는 없습니까?"

"없습니다."

호텔 사장의 단호한 말에 한숨을 쉬면서 밖으로 나오는 사람들.

그리고 사방으로 퍼졌던 사람들이 하나둘 모여들기 시작했다.

"빨리 숙소를 잡아야 합니다. 해가 떨어지고 있어요."

이렇게 해가 떨어지고 밤이 되면 영하 수십 도가 된다.

그런데 밖에서 노숙을 하면 얼어 죽기 딱 좋다.

"하지만 남은 숙소가 없습니다. 심지어 일반인 주택도 공간이 있는 곳은 다 빌렸답니다."

"미치겠네. 그러면 그나마 가까운 게 어디입니까?"

변호사들의 말에 누군가 신음을 내면서 말했다.

"회사 쪽에 가면 관리하는 사람들의 자리가 있기는 할 겁니다만."

"관리하는 사람들이라고 하면?"

"메인 서버실 말입니다, 120킬로미터 떨어진."

"미친. 지금 거기서 여기까지 왔다 갔다 하자는 말입니까?"

"방법이 없습니다, 거기를 제외하고는 근처에 남은 곳이……."

"우연은 아닌 것 같고……. 그 한국에서 왔다는 변호사의 짓거리인 것 같군요."

"아니, 뭔 돈이 있다고?"

"유튭을 엿 먹이려고 시작한 재판인데 돈이 없겠습니까?"

무려 120킬로미터 떨어진 곳. 그곳 말고는 숙소가 없다면?

"우리가 제대로 물린 것 같군요."

변호사들 사이에서 긴 한숨이 흘러나왔다.

⚖️

"핀란드는 운전이 힘들죠. 보르보가 왜 핀란드에서 생겼는지 생각해 보면 아실 겁니다."

전 세계에서 가장 안전한 차라고 소문난 보르보.

원래 그 보르보의 국적은 핀란드였다.

지금이야 중국으로 넘어갔다지만 그마저도 설계나 생산에 대해서는 중국에서 터치하지 않는 조건이다.

"맞습니다. 전 세계에서 가장 운전하기 더러운 동네가 핀란드일 겁니다."

노형진은 수긍했다.

제대로 된 포장도로보다 그냥 산악 도로가 더 많은 나라.

사시사철 눈과 얼음이 쌓여 있는 나라.

그래서 사고가 나면 대형 사고가 많아서, 보르보는 전통적으로 안전에 엄청나게 집착하는 성향이 있다.

"한국처럼 비상시 도움 시스템도 제대로 안 되어 있고요."

한국은 어딜 가나 핸드폰이 터지지만 여기는 아니다.

그래서 길거리에서 차가 고장 나거나 사고가 나면 다른 사람이 지나갈 때까지 꼼짝도 못 한다.

"맞습니다. 그래서 핀란드에서는 자동차 면허를 딸 때 거의 정비사 수준으로 시험을 보지요."

길바닥에서 차가 퍼졌는데 고치지 못하고 밤을 맞이하면 거의 100% 동사할 수밖에 없는 나라다.

그렇다 보니 자잘한 수리는 직접 할 줄 알아야 살아남을 수 있기에, 실제로 핀란드의 자동차 면허는 정비에 관한 시험을 보도록 되어 있다.

"그런 동네에서 120킬로미터면 편도 두 시간은 걸릴 텐데요?"

"제가 노리는 게 그겁니다."

날마다 편도 두 시간, 왕복 네 시간 동안 포장도 되지 않은 산악 도로에서 진을 빼고 나면 제대로 변론할 수 있을 리가 없다.

큰 사건의 경우 변호사들은 쉴 틈이 없다.

재판이 끝나더라도 지난 재판을 분석하고 증거를 확인하고 다음 재판을 대비해야 한다.

"하지만 이런 식이면 대비가 될 리가 없지요."

하루에 네 시간씩 버려야 한다면 재판의 대비는 소홀해질 수밖에 없다.

"그러면 그 숙소들은 그냥 빈 상태로 남는 건가요?"

"그럴 리가요. 아깝잖습니까? 이미 들어올 사람들에게 연락해 놨습니다."

"들어올 사람들이라고 하시면?"

"기자들요. 다른 곳도 아닌 유튭의 서버가 압수수색되느
냐 마느냐의 사건인데 안 오겠습니까?"

노형진은 씩 웃으며 말했다.

"그리고 기사에는 한계가 있기 마련이지요, 후후후."

"흐아!"

재판정에 출석한 변호사들은 피곤해 죽을 듯한 얼굴이었다.

무려 네 시간을 왔다 갔다 하면서 재판을 해야 하는데, 그
마저도 편한 길이 아니라 비포장도로다.

평균 시속이 40에서 50이고, 날씨가 조금이라도 나쁘면 더
떨어진다.

그렇게 힘들게 와서 재판하려고 하는데 또 몰려 있는 사람
들을 보니 한숨이 나온다.

"난리 났습니다."

"난리? 무슨 난리?"

"여기, 미국 신문에서 올라온 뉴스인데……."

그렇게 말하며 직원은 태블릿을 건넸다.

그걸 받아 들어 살펴본 유튭의 사건 담당 직원은 긴 한숨
을 내쉬었다.

"젠장."

유툽, 서버 압수 직전 살인 협박 관련 정보 제공 거부

유툽에서는 기업 내 사이트를 통한 살인 협박 사건에 관해서 법인에 대한 정보 제공을 거부하여 한국으로부터 서버가 압수될 위기에 처한 것으로 드러났다.

특정 개인 방송인에게 수차례 살인 위협이 이루어졌고 해당 개인 방송인의 가족과 주소 등이 모두 특정된 상황에서 범죄자에 관한 정보를 제공하지 않아……

"이게 뭐야? 이걸 그냥 둔다고?"

"그게, 신문사 입장에서는 딱히 거짓말한 게 아니라서요."

진짜로 거짓말한 거라면 문제가 되겠지만 이 안에 거짓말은 없다.

한국이나 미국이나 뉘앙스를 가지고 장난치는 거야 하루 이틀 문제도 아니니까.

"더군다나 기자가 한두 명도 아니고."

유툽이 워낙 큰 기업이다 보니 재판에 대한 냄새를 맡은 기자들이 어마어마하게 몰려들었는데, 그들은 노형진으로부터 숙소를 제공받았다.

당연히 그들은 나름대로 사실을 전달했다.

다만 그 사실이라는 게 노형진이 살짝 양념을 친 사실이라

문제인 거지.

"아무래도 이대로는 안 될 것 같습니다. 전 세계적으로 우리 기업 이미지가……."

"끄응…… "

단순히 한국 경찰의 요청을 무시한 행동이 이렇게까지 기업 이미지를 박살 낼 거라고는 생각도 하지 못했다.

승패와 상관없이 유튭은 살인자들을 옹호한다는 이미지가 확고해지는 데다 최악의 경우 서버를 압수당한다.

그에 반해 저쪽은 져 봐야 손해 볼 게 없다.

"이건 져도 손해, 이겨도 손해잖아."

"팀장님, 본사에서는 합의하라고 합니다."

"합의?"

"네. 이대로는 이미지도 이미지이고, 그렇잖아도 트릭스랑 경쟁이……."

경쟁사인 트릭스는 아직은 자기들을 위협할 체구는 아니지만 빠르게 성장하고 있다.

실제로 실시간 방송에 있어서는 트릭스가 더 유리한 게 사실이니까.

"합의라……."

쓸데없이 피를 흘리는 것보다는 그게 더 나을 수도 있었다.

그로부터 얼마 뒤, 노형진은 유튭으로부터 연락을 받고 약속된 장소로 나갔다.

그동안 무척 골머리를 앓았던 듯, 유튭 측 법무 팀장은 그를 보자마자 다짜고짜 물었다.

"원하는 게 뭡니까? 살인자에 대한 정보 제공?"

"살인자뿐만 아니라 한국에서 요청하는 범죄자들에 대한 정보 제공입니다."

"그건 좀……. 당신들 기준이지요."

"로마에 가면 로마법에 따르라는 말 모르십니까? 대한민국에서 돈을 벌고 싶으시다면 최소한의 협조는 해 주셔야지요."

"협조는 하고 있습니다."

"그래요? 어떤 면에서요?"

"그거야…… 인정되는 경우에 저희가 자료를 드리고 있습니다."

"그러니까 그 인정되는 경우가 어떤 경우냐는 겁니다."

"그거야…… 인정되는 경우에…….."

"말장난하지 맙시다. 결국 당신들 마음대로 하는 거 아닌가요?"

"……."

'세계적인 기업이라는 놈들이 이렇지, 뭐.'

그로 인해 피해가 발생할 것 같다면 잽싸게 정보를 넘기지만, 그렇지 않다면 온갖 핑계를 대면서 정보를 제공하지 않는다.

심지어 영장이 나와도 정보를 제공하지 않는 경우도 많다.

"하지만 한국의 법원은 너무 과도하게 개인 정보를 요구한단 말입니다."

"그걸 왜 당신들이 판단합니까? 당신들이 사법기관입니까?"

"우리 판단은 그렇습니다."

"그건 당신들이 미국인이라서 그런 거고요."

미국이나 유럽은 그러한 개인 정보에 대한 집착이 어마어마하다.

물론 자유를 위해서는 개인 정보를 보호해야 하는 게 맞다. 하지만 그걸 위해 다른 걸 포기해 버리면 문제가 된다.

'가령 마스크라든지 말이지.'

상식적으로 과학기술이, 그것도 전파가 바이러스를 만들어 낼 수는 없다.

하지만 회귀 전 바이러스 사태 당시에 미국과 유럽은 전파가 문제의 바이러스를 만든다는 헛소리부터 바이러스는 없다고, 그 존재 자체가 거짓말이라는 소리까지 했었다.

이러한 사례는 나라뿐만 아니라 대기업에서도 찾아볼 수 있다.

모 핸드폰 기업은 테러범의 핸드폰을 열어 달라는 미 정부의 부탁을 거절했다.

테러범이기 이전에 자기 고객이니, 고객의 정보는 줄 수가 없다는 이유에서였다.

그들에게는 테러범에게 죽을 수백 명의 목숨보다 그 테러범의 개인 정보가 더 중요했던 것이다.

"하지만 기본적으로 어느 정도의 선이라는 게 있습니다. 한국 정부는 그 선을 넘습니다. 그러한 식으로 모두의 입을 틀어막으면 세계의 자유는 어디로 갑니까?"

'뭔 개소리야?'

노형진은 이야기를 듣다가 혀를 끌끌 찼다.

"뭐, 각국의 규정이 저마다 다르니 그걸 지키는 건 좋습니다만, 그러기 힘든 경우도 있다는 건 저도 이해하겠습니다."

노형진은 고개를 끄덕거렸다.

그건 좋다. 이해할 수 있다.

그들의 말대로 각국의 규정이 모두 다르고 어떤 나라는 규정이 비정상적이라 그 규정대로 해 주면 진짜로 인권 탄압이 되기 때문이다.

가령 태국 같은 경우는 왕가에 대해 한마디라도 불만을 표현하면 10년 이상의 징역에 처해진다.

그런 건 확실히 자유의 문제다.

"한국도 그건 마찬가지이고요. 개개인의 모욕은 개개인이 해결해야 하는 겁니다."

"그 개개인이 해결하기 위해서는 정보가 필요합니다만?"

"그건 못 드립니다."

'이게 말이야, 방구야?'

각자 알아서 하라면서 각자 알아서 할 정보는 못 준다니.

하지만 그 안에 논리적인 허점이 있다는 걸, 노형진은 알고 있었다.

"그러니까 공식적으로 당신들의 규정 자체가 각 나라의 법보다 우선한다 이거네요?"

"그건 아닙니다."

"각 나라의 규정에는 못 따르겠다면서요?"

"회사의 규정이 그렇습니다."

"그 말이 각 나라의 법보다 회사의 규정이 우선이라는 거 아닙니까?"

"그건 아닙니다."

유튭의 담당자는 말장난으로 상황을 벗어나려고만 했다.

물론 노형진도 그걸 알고 있었다.

저들은 절대로 자신들의 규정이 법보다 우선한다고는 인정하지 않는다.

그 나라에서 퇴출될 가능성이 있으니까.

하지만 그러면서도 그들은 각 나라의 법을 지키지 않는다.

'돈 되는 나라만 지키지.'

대표적인 예가 바로 중국이다.

웃긴 게, 중국에서는 유튭이 불법이다. 법적으로 막혀 있다.

하지만 우회해서 벌어들이는 돈이 워낙 많다 보니 정작 유튭은 중국에 대해 부정적으로 말하거나 하는 방송이 있으면 소위 말하는 '노딱'을 붙인다.

노란 딱지, 즉 수익 창출이 막혀 버리면 당연히 관련 채널을 운영하는 게 불가능해지니까.

'그것도 참 웃기단 말이지.'

그 노딱의 규정도 웃긴데 그걸 처리하는 방식도 웃기다.

일단 수익 창출 금지를 붙이는 건 컴퓨터가 처리한다.

그런데 제대로 된 이유도, 제대로 된 규정 설명도, 제대로 된 안내도 없다.

어느 정도로 주먹구구로 운영되느냐면, 어떤 사람이 자꾸 채널 영상에 수익 창출 금지가 붙어서 이상하다고 생각했는데 알고 보니 그 사람이 동안에 대머리인지라 프로그램이 그를 아동으로 분류한 것이었다.

비슷한 사례는 노딱 외에도 있다.

어떤 사람이 중국에 불리한 정치적 발언을 했는데 중국인들이 우르르 몰려가서 신고를 누르는 바람에 채널이 압류당한 것이다.

그런데 더 웃긴 점은 일부 반사회적 발언을 하는 채널의 경우, 아무리 많은 사람들이 신고해도 폐쇄되지 않는다는 것이다.

대표적인 예가 제국연구소.

대한민국에서는 유명한 채널로, 그곳을 신고한 사람들은 수십만이 넘는다.

그런데 여전히 그 채널은 살아 있다.

심지어 매달 수십억의 수익을 내면서.

"음…… 궁금하지 않습니까?"

노형진은 생뚱맞은 질문을 툭 던지면서 옆에 있던 가방을 탁자 위에 턱 하니 올려놨다.

"뭡니까, 그게?"

"다른 소송 건이지요."

"다른 소송 건?"

"당신들이 건 노딱에 관한 소송 건. 당신들이 정확한 이유도 없이 삭제해 버린 영상에 대한 소송 건."

그걸 본 법무 팀장은 진땀을 흘리기 시작했다.

그럴 수밖에 없는 게, 그는 유튭의 법무 팀을 관리하는 사람이다.

당연히 노형진이 꺼낸 저 소송 서류의 파괴력을 알 수밖에 없다.

"이걸로 소송을 걸면 당신들은 그 심사 기준을 공개할 수밖에 없을 텐데, 그러면 과연 심사 기준에 맞지 않는 처리가 얼마나 될까요?"

"……."

기계적으로 처리한다고 보기에는 이상한 게 한두 개가 아니다.

'뭐, 뻔하지.'

사실 그 내용을 보면 판단 자체는 쉽다.

돈이 되면 뭘 해도 방치하고, 돈이 안 되면 조금만 문제를 일으켜도 그냥 노딱을 붙이는 거다.

"수익 창출의 문제도 그렇지요. 정확한 이유의 고지도 없이 무조건 일단 수익 창출을 막아 버리지요. 안 그런가요?"

"그건 그렇습니다만, 어디까지나 프로그램의 문제라서……."

"그러면, 정상적인 기업이라면 그로 인한 문의가 들어왔을 때 당연히 답변을 해 줘야 하는 거 아닌가요?"

하지만 유툽은 절대 그런 답변을 안 해 준다.

당연히 개인 방송인 입장에서는 어떤 부분이 문제가 될지 알아서 추측하면서 죽어라 편집해야 한다.

"이건 업무방해의 영역으로 볼 수도 있다고 생각하는데요."

"약관에 따르면……."

"그러니까 약관이 법보다 우선한다는 겁니까? 흠, 미국 법원도 그렇게 생각할까요?"

"……."

미국 법원의 소비자 보호는 철저하다.

사실 그러한 답변을 해 주는 건 어려운 일이 아니다.

모든 감시는 프로그램이 자동으로 해 주니, 당연히 프로그램이 그런 판단을 내리는 순간 코드라는 형태로 기록이 남으니까.

가령 코드 1이라면 출연자가 미성년자라서 수익 창출이 안 된다든가, 코드 11이라면 저작권에 위반돼서 수익 창출이 안 된다든가 하는 식으로 말이다.

"그걸 문의하면 대답해 주는 건 어려운 일이 아닐 것 같은 데요."

'한 가지만 빼면 말이지.'

그렇게 하기에는 당연히 인력이 부족하다.

하루에도 수십만 건의 수익 창출 금지가 발생하는데, 그걸 다 메일 형태로 발송해 주려면 과연 얼마만큼의 인력이 필요할까?

"그리고 가끔 그런 생각도 듭니다. 그런 걸 관리하는 곳이 과연 어디일까? 일단 미국은 아닐 거예요. 그렇지요?"

"……."

사람들이 잘 모르는 게, 그러한 관리는 미국 본사에서 하지 않는다.

웃긴 일이지만 유튭은 중국에서는 금지이지만 그걸 관리하는 회사는 중국에 있다.

이유는 간단하다. 중국이 인건비가 싸니까.

'그러면 말도 안 되는 중국 편중도 이해가 되지.'

"제가 그걸 물고 늘어진다면 어떨까요? 과연 미 정부에서 무슨 말을 할까요?"

'젠장, 왜 하필이면 노형진이야?'

다른 변호사라면 이쪽에서 이렇게 숙이고 들어갈 필요가 없다.

하지만 상대는 다른 사람도 아니고 노형진.

마이스터의 대리인이다.

당연히 미국 정치권과도 밀접한 관계를 가지고 있다.

"일단 그 비밀로 되어 있는 처리 규정부터 봐야겠네요."

"안 됩니다!"

"켕기는 게 있으신가 봅니다?"

"아니, 그건 아니지만……."

"그런데 왜 안 됩니까?"

"일단 안 되는 건 안 됩니다."

'안 되겠지.'

사실 처리 규정은 중구난방이고 제대로 지켜지지도 않는다.

분명히 처리 규정은 있다. 내부에서 무시할 뿐이지.

그리고 그게 드러나면 그때부터는 단순히 유툽의 처리 방식에 관한 문제가 아니게 된다.

대기업의 내부 비리에는 필연적으로 미국의 징벌적 손해배상이 따라올 수밖에 없다.

되든 안 되든 피해자들 중 일부는 징벌적 배상을 청구할거다.

'그리고 노형진이 거기에 붙으면…….'

기업의 악몽이라고 불리는 노형진과 드림 로펌.

특히 미다스의 정보력은 기업들이 감추고자 하는 정보를 모두 찾아내기에, 어떻게 해도 소송에서 이길 수 있는 방법이 없었다.

"아, 그러고 보니 거기에서 이기면 여기서 압류해도 되겠네요. 미국 법원에서 이기면 핀란드 법원에서도 압류를 인정할 겁니다."

물론 인정할 거다. 그리고 그 순간 유툽의 전 세계 서비스가 바로 정지될 거다.

그 끔찍한 악몽에 팀장은 결국 두 손 두 발 다 들었다.

"좋습니다."

팀장은 인정할 수밖에 없었다, 자신이 졌다는 걸.

"자료, 달라는 대로 다 드리겠습니다. 영장만 가지고 오면 판단은 하지 않겠습니다."

백기를 드는 팀장에게 노형진은 슬쩍 한 수저 더 올렸다.

"저희랑 하늘에서 요구하면 노딱 처리 사유도 좀 알려 주시고요."

"뭐라고요?"

"제가 이번 소송을 하면서 돈을 좀 많이 썼거든요."

씩 웃는 노형진을 마주한 채, 팀장은 쓰게 웃을 수밖에 없었다.

숙소를 노형진이 다 털어 냈다는 것 정도는 익히 짐작하고 있었으니까.

"저희 쪽에서 새로운 서비스를 해 보려고 합니다. 간단한 거죠. 우리가 문의하면 노딱 사유를 알려 주세요."

"그건 좀……."

"싫으시면 전 세계 모든 질문에 대답하시든가."

노형진이 그러한 서비스를 제공할 수 있다면 당연히 수많은 개인 방송인들이 노딱 사유를 확인하려 할 테니 그는 적당한 수수료를 받고 사건을 처리해 줄 수 있다.

개인 방송인 입장에서는 짧게는 몇 시간, 길게는 몇십 시간을 아낄 수 있는 거니 당연히 적당한 수수료를 내고 문의하는 쪽을 선택할 것이다.

"한 기업에 대한 특혜는 좀……."

"전략적 제휴라는 아주 좋은 단어가 있지요. 아니면 특혜를 줬는지 안 줬는지 한번 캐 볼까요? 음, 그렇잖아도 요즘 수상한 곳이 많던데."

노형진은 소파에 기대며 말했다.

"이슬람 테러 행위를 찬양하는 영상들이 자주 올라오더라고요. 그런 영상을 왕창 신고해서 차단시키면 어떨까요? 그러고 보니 테러범들이 유튭 사장님 주소를 참 궁금해할 것 같은데요."

"지금 협박하는 겁니까?"

"협박이라니요. 정말로 규정대로 굴러가는지 한번 보자이거죠. 규정대로 하고 있다면 아무 문제 없잖습니까."

물론 노형진 입장에서는 문제가 없다.

'하지만 유튭 임원이나 사장이 참수되겠지.'

"아, 그리고 보니 전에 이라크 장군 하나가 유튭을 통해 연설하다가 미군 폭탄을 실시간으로 처맞은 적이 있지요? 그렇게 개인 정보를 소중하게 생각하는 유튭인데, 설마 소중한 고객의 정보를 미군에 공개한 건 아니겠지요?"

팀장은 땀을 뻘뻘 흘렸다.

사람들은 자랑스러운 미국의 힘이니 4천만 원짜리 도네이션이니 하면서 깔깔거리고 웃었지만 실상은 그게 아니었으니까.

'영상만 봐서는 그 위치를 추적할 방법이 없단 말이지.'

주변의 지형지물은 흙뿐이었기에 위치를 추적할 수 있는 물건은 없었다.

결국 미군이 촬영하는 아이피를 얻어서 위치를 특정할 수 있었다는 뜻인데, 아이피를 제공할 수 있는 곳은 유튭뿐이니까.

"저라면 말입니다, 여기다가 무장 경비 세력을 세우겠습니다. 전에 보니까 경비원 몇몇뿐이던데, 테러 단체에서 이 악물고 달려와서 여기를 날려 버리면 유튭은 망하는 거 아니겠습니까?"

팀장은 기가 막혔다.

사실 핀란드에 유튭 서버가 있는 게 딱히 비밀은 아니었다. 하지만 동시에 널리 알려진 것도 아니었다.

그런데 그걸 널리 알린 게 노형진이다.

그리고 그걸 가지고 이라크니 테러 단체니 하면서 슬쩍슬쩍 찌르고 있는 거다.

문제는 노형진의 말이 협박이 아니라 사실이라는 것.

만일 유튭 서버에 무장 세력 1개 분대만 들어와도 막을 방법이 없고, 입구를 봉쇄해 버리기라도 하면 진짜 최소 몇 주는 차단당하게 된다.

'악마다. 이놈은 악마야.'

팀장은 확신했다.

그렇지 않고서야 이렇게 약점을 콕콕 집어낼 수는 없다.

"전략적 제휴…… 하겠습니다."

"좋은 선택입니다."

노형진은 씩 웃으며 미리 준비한 서류를 건넸다.

"한번 읽어 보시죠."

선처는 없습니다

　"이걸 이렇게 쉽게 얻어 왔다고?"

　김성식은 전략적 제휴 협약서를 보고 기가 막힌다는 듯 노형진을 바라보았다.

　다른 곳에서는 어떻게 해서든 만나 보기라도 하려고 난리인데 노형진은 아예 전략적 제휴를 맺어 왔으니까.

　"쉽게는 아닙니다."

　"내가 봐서는 쉽게 한 건데? 이게 사실이라면 우리가 얻을 수 있는 수익이……."

　"뭐, 회당 가격을 따로 측정해야 하겠지만 한국 기준으로는 회당 5만 원 정도면 될 거라 생각합니다."

　"적지 않군."

"노딱을 걱정할 정도의 개인 방송인들입니다. 그들의 수익을 기준으로 하면 푼돈이지요."

물론 수익이 적은 사람들도 있기는 하다.

하지만 그런 사람들에게 유튭은 어디까지나 취미의 영역이다.

생계의 영역에 들어가서 수백, 수천만 원씩 버는 사람들에게 유튭의 수익 창출 금지를 피하기 위해 지출해야 하는 금액이 5만 원이라면 이는 결코 큰 부담이 아니다.

"더군다나 다 올 것 같지도 않고요."

하다가 안 되면 오지, 일단은 각자 알아서 편집해 볼 것이다.

"중요한 건 우리가 그들에게서 정보를 얻었다는 거죠."

살인 협박을 한 자들의 정보뿐만 아니라 명예훼손과 허위 사실 유포에 관련된 모든 자료를 약속받았다.

"그게 우리 최대 수익일 겁니다."

"그런데 왜 이걸 공개하지 않는 건가?"

"공개하면 또 악순환이 될 테니까요."

"악순환?"

"유튭에서 악플을 다는 놈들이 어디에서 왔겠습니까? 방송 쪽에서 온 겁니다. 뭐, 보통은 둘 다 달겠지만, 지금 방송계는 과거에 비해 가혹할 정도의 처벌이 따르고 있으니까요."

"그야 그렇지."

물론 노형진이 전면에 나섰음에도 방송계에서의 명예훼손

이나 모욕에 대한 처벌은 계속되고 있다.

그럼에도 불구하고 과거에는 명예훼손과 모욕에 대해서는 기껏해야 벌금이 끝이었고, 그걸로 민사소송을 한다고 해도 배상액이 얼마 되지 않아 지금보다 처벌이 매우 가벼웠다.

그래서 당시만 해도 그런 헛소리를 하는 놈들은 대부분 재수 없게 걸렸다고 생각하고 돈 조금 내고 퉁치는 경우가 많았다.

하지만 노형진이 재판의 과정을 바꾸면서 상황은 달라졌다.

재판 과정에서 학생이라면 당연히 부모가 따라오고, 선생님과 교장을 증인으로 불러서 평소의 행동에 대해 질문하고, 교회를 다닌다면 교회의 목사까지 불러서 평소 행실에 대한 질문을 했다.

성인이고 직장에 다닌다면 그 직장의 상사와 동료를 불렀고, 직장에 다니지 않는다면 왕래하는 주변 사람들을 불렀다.

쉽게 말해서 사회적으로 이놈은 범죄자라는 이미지를 박아 버린 것이다.

"그래서 그들은 그간 공격하지 않던 만만한 대상을 찾아다녔는데, 그게 개인 방송인이었던 거지요."

연예인처럼 드러나 있고 동시에 기업에서도 제대로 정보를 주지 않으니까.

"그러니 이제 제대로 수사해 보자고요."

"살인 협박이라……. 곡소리 나겠군."

"그럴 겁니다, 후후후."

사람마다 죄에 대한 인식은 다르다.

하지만 최소한 살인자라는 딱지는, 누구도 그것을 가볍게 보지 않는다.

"그리고 어딜 가나 똑같은 놈들이 있거든요."

"똑같은 놈들?"

"사이버 렉카들을 부를 시간입니다."

"사이버 렉카? 그건 또 뭔가?"

그게 뭔지 몰랐던 김성식은 고개를 갸웃했지만, 그 존재를 알고 있었던 무태식은 고개를 절레절레 흔들었다.

⚖️

사이버 렉카.

그건 사람들이 부정적으로 부를 때 쓰는 용어로, 제대로 된 용어로는 인터넷 이슈 개인 방송인이다.

기본적으로 개인 방송의 주 수입원은 광고 수입이다.

더 많은 사람들이 영상을 볼수록 더 많은 광고가 붙고, 그럴수록 개인 방송인도 돈을 더 버는 구조다.

당연히 사람들이 많이 보는 것은 관심을 끄는 것이다.

따라서 그런 이슈 개인 방송인들은 주제와 상관없이 관심을 끄는 것을 중요시한다.

"전형적인 기자 같은 놈들이지요. 그들과 기자의 차이는 소속이 있느냐 없느냐뿐입니다."

그 과정에 사람들이 죽든 말든 고통을 받든 말든, 그들은 신경 쓰지 않는다.

"어떻게 보면 인간으로서는 최악입니다."

무태식은 쓰게 웃었다.

"최소한 기자들에게는 데스크가 있으니까요."

하지만 그들은 그런 것도 없다.

물론 기자들도 온갖 병신 같은 짓을 다 한다.

심지어 병원에 입원해 있는 시한부 인생의 어머니에게 가서 자식의 죽음을 알려 주고는 오열하는 걸 찍어서 공개하기도 했던 게 기자들이다.

남은 자식들이 어머니마저 잘못될까 두려워 말하지 못했던 진실을 그토록 가혹한 방법으로 폭로해 버린 것이다.

기자들에게 중요한 건 남의 목숨이나 인생이 아니라 이슈니까.

"그런 면은 확실히 이슈 개인 방송인들도 마찬가지이기는 하죠."

"어쨌거나 이번 사건에서는 기자들보다 이슈 개인 방송인들이 좀 더 효과가 좋을 겁니다. 일단 개인 방송인이라는 동질감이 있으니까요."

"단순히 그 동질감 때문에 그들을 부르시는 건가요?"

노형진의 말에 무태식은 고개를 갸웃하면서 물었다.

사실 동질감이라고 부르기도 애매한 게, 이슈 개인 방송인들에게 다른 개인 방송인은 동료나 동지가 아니라 먹잇감에 불과하기 때문이다.

그들이 사이버 렉카라 불리는 이유는 간단하다.

사고가 나면 미친 듯이 몰려들어 피해자 구제나 피해 회복은 뒷전이고 일단 차량부터 끌고 가려고 하는 렉카처럼, 사건이 터지면 몰려들어서 진실이나 사정에 상관없이 무조건 물어뜯으려고 하는 그들의 성향 때문이다.

"그들이 피직스 씨를 물어뜯는 걸 보셨지 않습니까? 솔직히 저는 그들이나 지금 고소당한 놈들이나 마찬가지라고 생각합니다."

피직스가 본인은 잘못한 것도 없음에도 불구하고 사과했던 당시에 그걸 물어뜯은 사람들이 바로 그들, 즉 이슈 개인 방송인들이다.

사실 유튭이라는 것은 결국 구독자들이 봐 줘야 하는 거다.

그런데 소수의 사람들이 들어와서 구독자들 사이에서 이게 불편하다 저게 불편하다 소리소리 질러 봐야 그게 여론이 되고 이슈가 되지는 않는다.

"하지만 그놈들 때문이 일이 이 지경이 된 거 아닙니까?"

그 이슈 개인 방송인들이 피직스를 물어뜯자 그걸 본 자들이 흘러들어 와 결국 구독자들과 외부 유입자들의 댓글 상태가 바뀌면서 피직스가 이 꼴이 된 것이다.

"알고 있습니다. 알고 있기 때문에 그들을 쓰려고 하는 겁니다."

"설마 그들이 반성하거나 할 거라고 생각하시는 건 아니죠?"

"기자들이 반성하는 거 봤습니까?"

거짓말하고 협박해서 돈을 뜯어내던 기자들.

결국 노형진에게 걸려서 망하고 자살에까지 몰려도, 그들은 사과 대신에 노형진에 대한 저주를 남기며 자살했다.

물론 노형진은 그런 것에 신경 쓰지 않았다.

그들이 저지른 죄의 대가는 저세상에서 치를 거라는 걸 알고 있으니까.

"그들이 반성할 거라고 생각하지는 않습니다. 하지만 널리 알려야 하니까요."

"널리 알린다고요?"

"피직스 씨는 피해자입니다. 명백한 피해자이지요. 그런데 그걸 언론에다가 이야기해 달라고 하면 과연 이야기해 주겠습니까?"

"하긴, 안 하겠네요."

애석하게도 언론 입장에서 유튭은 확실히 마이너하다.

"언론의 특징은 누군가가 망해 가는 건 중계해 줘도 누군가의 억울함은 이야기하지 않는 거지요."

실제로 언론에서도 소수이기는 하지만 피직스의 성 상품화를 비난하는 기사를 쓰기도 했다.

당연하게도 그런 글을 쓴 기자들이 피직스의 억울함을 이야기해 줄 리는 없다.

"그래서 널리 알리기 위해서는 다른 존재가 필요합니다."

"그게 바로 이슈 개인 방송인이라는 거군요."

"필요악인 것이지요."

"입맛이 쓰군요."

무태식은 한심스럽다는 듯 말했다.

물론 노형진이 원한다면 이 사건을 전면에 직접 올릴 수 있다.

'하지만 아직은 아니란 말이지.'

그렇게 함으로써 이슈화할 수는 있겠지만 노형진이 원하는 결과를 만들기 위해서는 이슈 개인 방송인을 이용해야 한다.

"걱정하지 마세요. 그들이 원하는 결과는 나오지 않을 테니까."

노형진은 자신 있게 말했다.

⚖

이슈 개인 방송인들을 데리고 오는 것은 어렵지 않았다.

'사실 이슈 개인 방송인들은 기본적으로 신념 사범하고 똑같거든.'

개인 방송이라는 걸 이용할 뿐이지, 그들은 신념을 가지고 피직스를 욕하고 물어뜯던 놈들과 똑같다.

이게 무슨 소리냐면, 그들 또한 스스로를 정의라고 생각한다는 것이다.

설사 그렇게 생각하지 않더라도, 자신이 돈을 벌기 위해서라면 누군가 죽는다 해도 전혀 죄책감을 느끼지 않는다.

'그러니 정보만 살짝 흘리면 그만이지.'

개인 방송인이 3천 명이 넘는 사람을 살인 협박으로 고소했다는 정보가 흘러가자 그들은 당연히 해당 이야기를 미친 듯이 퍼트리기 시작했다.

입증이니 검증이니 하는 건 없었다.

다만 3천 명이 넘는 사람이 개인 방송인에게 살해 협박을 했다는 것. 그것만이 중요했다.

사실 그중에서도 개인 방송인의 아내와 자녀를 위협한 놈들은 극히 일부였으나 이슈 개인 방송인들은 살짝 말장난을 해서 마치 그들 전부가 그런 놈들인 것처럼 포장했다.

―요즘 개인 방송인들을 협박하고 가족들을 살해하겠다고 하는 미친놈들이 많은데요.

―세상에, 그런 미친놈들이 진짜 있을까요?

―자기도 죽을 각오를 해야만 남을 죽일 수 있는 겁니다. 안 그런가요?

이슈 개인 방송인들은 이 문제에 대해 자기들의 의견을 말하는 척하면서 고소당한 사람들을 조롱했다.

그리고 그들 덕에 피직스는 순식간에 엄청난 피해자가 되었다.

"와, 순식간에 이렇게 바뀝니까?"

하승하는 어이가 없다는 듯 말했다.

얼마 전만 해도 피직스의 유툽 채널에는 나가 죽으라는 말과 욕설만 가득했다.

하지만 지금은 힘내라는 말, 그리고 절대 협박범들을 용서하지 말라는 말로 가득했다.

"이게 언론을 통한 말장난인 거죠. 뭐, 개인 방송인이 언론이라고 하기에는 확실히 부족하기는 하지만, 중요한 건 슬슬 언론에서도 냄새를 맡고 따라오고 있다는 거고요."

이슈 개인 방송인들이 먼저 견인하자 그게 이슈가 된다고 생각한 기자들이 너도나도 그러한 이슈 개인 방송인들의 의견을 따라 글을 쓰기 시작했다.

"이슈 개인 방송인이나 기자나, 사실 원하는 건 똑같습니다. 바로 조회 수죠. 이슈 개인 방송인들이 피직스 씨를 씹은 건 피직스 씨를 알아서가 아닙니다. 이슈가 될 만해서 그런 거죠."

노형진은 거기에 그저 다른 먹잇감을 던져 준 것뿐이다.

그것도 피직스가 피해자인 포지션으로 말이다.

"그래도 그렇지, 어떻게 자기가 과거에 했던 말을 저렇게……."

사실 사과 논란이 터졌을 때 성 상품화라고 가장 많이 씹은 것이 바로 저들이었다.

그들은 태연하게 자신들이 과거에 올린 영상은 그대로 둔 채로 이번에는 반대의 논조를 펼치고 있었다.

"그러니까 사이버 렉카 소리 들을 수 있는 겁니다. 얼굴이 웬만큼 두껍지 않으면 창피해서라도 저런 짓 못 하죠."

개인 방송은 조회 수가 바로 돈이다.

당연히 영상을 삭제하면 그 조회 수는 빠지고 그만큼 돈을 못 받는다.

그래서 그 이슈 개인 방송인들은 과거에 자신이 한 말도 삭제하거나 하지 않고 그대로 두는 것이다.

두 개가 상충한다? 상관없다.

어차피 비교를 위해 누군가 그걸 찾아본다면 그게 바로 돈이니까.

"그런데 살인 협박으로 처벌될까요?"

피직스는 걱정스럽게 물었다.

처음에는 명예훼손 같은 걸로 고소하려고 했는데 갑자기

살인 협박이라는 중죄로 돌아섰으니까.

"일단 협박은 성립될 겁니다. 왜 그러십니까?"

"아니, 그 일부 개인 방송인들이 무리한 고소가 아닐까 하고 자꾸 이야기해서요."

"일부 개인 방송인들이요?"

"네. 뭐, 나름 중립적이라고 하는 사람들이요."

노형진은 혀를 끌끌 찼다.

"중립적인 사람은 없습니다."

"네?"

"철저한 중립이나 기계적인 중립은 없습니다. 그들은 진짜 중립이 아니고 은근슬쩍 저쪽일 겁니다."

완벽하게 기계적으로 중립을 지킬 수 있는 사람은 없다.

하물며 기계조차도 그게 불가능하다.

실제로 모 기업에서 완벽하게 중립적인 면접을 위해 인공지능을 적용한 적이 있었다.

인공지능은 여성이나 남성에 대한 구분 없이 오로지 실적이나 능력만을 판단해서 신입 사원을 뽑을 거라 생각했으니까.

"그런데 말입니다, 결과가 어땠는지 아십니까?"

"어땠는데요?"

"신입의 89%가 남자였지요."

"네? 아니, 중립이라면서요?"

"네, 사람들이 생각한 중립은 5 : 5였습니다. 하지만 기계는 아니죠."

실적을 분석하고 그들의 기업 기여도를 분석하고 최종적으로 내린 결론은, 남성이 여성보다 우수하다는 것이었다.

"하지만 그 회사는 그 수치를 결국 적용하지 못했습니다."

당장 그랬다가는 여성 혐오 회사로 찍힐 테니까.

"그렇다고 해서 그곳에서 일하던 기존의 여성들이 무능했느냐? 그것도 아니거든요."

애초에 그 프로젝트를 운영한 회사는 성별과 상관없이 무능력하면 버틸 수 없는 세계적인 기업이었다.

"결국 그곳의 임원진은 자신들의 실험적 면접이 실패했다는 걸 인정해야 했습니다. 판단을 하는 건 컴퓨터였지만 기준은 인간이 세워야 하니까요."

그 후에 운영진은 해당 프로그램에서 부족한 부분을 수정하고 나서야 정확한 자료를 받아 낼 수 있었다.

그럼에도 불구하고 해당 프로그램은 그러한 문제로 정보의 하나로만 판단될 뿐 결정적 판단 요소로는 쓰이지 못했다.

"결국 중립이란 그런 겁니다. 기준치를 어디다 두느냐에 따라 결과는 다 달라집니다."

진짜 중간이 아니라 해석에 따라 달라지는 것.

인공지능은 오로지 기업의 수익이 우선이었던 반면 인간은 정치적, 문화적 상황까지 중시한 것이다.

문화라는 걸 이해하지 못하는 컴퓨터는 당연히 오로지 돈만이 우선일 수밖에 없으니까.

"그런가요. 그래도 그 사람들 이야기를 들어 보니까 우리가 좀 너무했다 싶기도 하고요. 협박은 처벌이 강하지 않습니까?"

노형진은 하승하의 말에 긴 한숨을 내쉬었다.

"누가 그럽니까?"

"개인 방송인들이 그러던데요. 아닌가요?"

"끄응…… 진짜 어설프게 아는 사람들이 더 문제라니까요."

노형진은 혀를 끌끌 찼다.

"협박죄는 3년 이하 징역 500만 원 이하 벌금 또는 구류입니다. 그에 반해 이 경우는 사이버 명예훼손이 되겠지요. 아, 물론 명예훼손 내용이 들어간 경우에만요. 사이버 명예훼손 중 사실을 드러낸 경우는 3년 이하 징역 3천만 원 이하 벌금이고, 사실이 아닌 거짓을 이용한 경우는 7년 이하 징역 5천만 원 이하 벌금입니다."

"네?"

하승하는 깜짝 놀랐다.

살인 협박이라고 해서 당연히 협박의 처벌이 강할 거라 생각했다.

그런데 의외로 명예훼손 쪽의 처벌이 더 강했다.

"제가 자꾸 살인 협박, 살인 협박 하니까 진짜로 강력한 죄목인 줄 아셨나 본데, 그들이 한 협박의 내용이 살인이었을 뿐 협박 자체는 처벌이 그리 강하지 않은 범죄입니다."

"하지만 개인 방송에서는……."

"인터넷이 생긴 후에 사람들이 자꾸 거기에서 정보를 찾고 맹신하는데요, 쓰레기도 많습니다."

심지어 협박죄의 형량은 기존의 명예훼손죄와 거의 비슷하다.

정확하게는 기존의 명예훼손죄는 사실을 말한 경우 2년 이하 징역 500만 원 이하 벌금이고, 거짓을 말한 경우 5년 이하 징역 1천만 원 이하 벌금이다.

"기존? 사이버? 그게 다릅니까?"

"다르지요. 확실히 다릅니다. 온라인과 오프라인의 경우는 그 무게가 달라요."

가령 어떤 장소에서 어떤 사람이 누군가를 사기꾼이라고 불렀다고 치자.

그 장소에 있는 사람은 아무리 많아 봐야 스무 명 정도 될 테고, 그들 중 누군가가 제3자에게 그가 사기꾼이라는 말을 전달할 가능성은 그다지 높지 않다.

그에 반해 온라인상에서 누군가 사기꾼이라고 해 놓으면 그 글을 보는 사람은 최소 수십 명, 최대 수십만 명이 될 수도 있다.

당연하게도 그걸 퍼트릴 가능성 역시 아주 높다.

"사람들이 착각하는 게 그거죠. 살인 협박이라고 하니까 살인이랑 엮어서 처벌이 강할 거라고 생각하는데, 현실적으로 말하면 도긴개긴입니다."

"도긴개긴요?"

"둘 다 결국 벌금이라는 겁니다."

현실적으로 대한민국에서 협박이나 명예훼손은 대부분 벌금으로 끝난다.

물론 극히 일부 실형이 나오는 경우도 있다.

하지만 그건 어디까지나 확실한 피해가 발생했을 때의 이야기다.

"애석하게도 피직스 씨는 그런 피해가 명확하게 발생했다고 할 수가 없지요."

죽여 버리겠다고 인터넷에 떠들었지만, 실제로 찾아왔다는 증거나 낯선 자가 주변을 배회하는 모습 등이 발견된 적은 없다.

명예훼손의 경우도 일단 지속적으로 글을 올리는 정도이지 그로 인해 피해가 발생했다는 증거는 없다.

"그리고 전에도 말씀드렸다시피 가장 큰 문제는 먼저 사과하셨다는 겁니다."

"그게 그렇게 잘못한 건가요?"

"사과를 했다는 건 죄를 인정했다는 의미거든요."

만일 그걸 안 했다면 거짓의 명예훼손으로 엮을 수 있겠지만, 사과한 이상 그건 거짓이 아니게 된다.

"제가 전에 먹잇감을 던져 준 거라고 말씀드린 게 농담이 아닙니다."

기껏해야 처벌할 수 있다는 정도이고 그마저도 벌금이 끝이다.

"아마 잘해 봐야 200만 원 정도의 벌금으로 끝날 겁니다. 솔직히 지금 넣고 있는 건 일단 협박이지 명예훼손은 아니지 않습니까?"

노형진은 사건을 분류해서 일단 협박으로 분류된 사건만 진행하고 있는 상황이다.

명예훼손의 경우는 워낙 판례가 많은 데다가 명예훼손을 하는 놈들은 대부분 말려 죽이는 방법이 기존에 따로 있기 때문에 굳이 노형진이 나설 이유가 없었다.

"그리고 그 사람들이 착각하는 모양인데, 명예훼손과 협박은 죄의 경중의 문제가 아닙니다. 애초에 적용하는 법조가 다르고 처벌받는 행동이 다릅니다. 우리가 선처한다고 명예훼손으로 할 수 있는 게 아니고 가중처벌한다고 협박으로 엮을 수 있는 게 아니란 말입니다. 자칭 전문가란 놈들이 그것도 모른답니까?"

지금 고소한 놈들은 분명 피직스의 가족을 죽이겠다는 식으로 이야기한 놈들이다.

그들은 울분을 토하기 위해 한 말일지도 모른다.

"하지만 몇몇 건은 명예훼손으로 엮어도 되지 않습니까?

명예훼손의 처벌이 더 강하다면요?"

하승하는 고개를 갸웃하면서 물었다.

법적으로는 사이버 명예훼손의 처벌이 더 강하고 실질적으로는 둘 다 벌금으로 끝난다면, 당연히 강한 쪽으로 할 거라 생각한 것이다.

그래서 그는 주변에서 들은 노형진의 성격상 당연히 강한 처벌을 할 거라고 생각했다.

그런데 의외로 들어 보니 협박이 더 약한 처벌이었다.

"파급력 때문에 그런 겁니다."

"파급력요?"

"어찌 되었건 죽이겠다는 말을 한 놈들입니다. 그놈들을 가만둘 수는 없지요."

"민사 말씀입니까?"

"아닙니다. 접근의 문제죠. 협박의 경우는 그 안전의 문제로 인해 접근 금지 명령을 받기가 쉽습니다."

노형진은 간단하게 설명했다.

일단 명예훼손으로 고소하는 경우 대한민국의 법률계는 자기방어권을 인정한다.

문제가 뭐냐면, 대한민국의 자기방어권 인정 폭이 너무 넓다는 거다.

자신을 강간한 강간범을 고소했더니 가해자의 자기방어를 위해 피해자의 주소를 알려 주는 게 대한민국의 경찰이다.

이것이 법이다

"만일 명예훼손으로 고소한다면 경찰에서는 방어를 위한 다는 이유로 피해자의 주소나 연락처를 알려 줄 가능성이 높습니다."

"아!"

하승하는 고개를 끄덕거렸다. 확실히 그럴 가능성이 있다.

"하지만 협박이라면 달라지지요."

노형진이 단순 협박이 아니라 계속 살인 협박이라고 언급하고 실제로 소장에도 살인 협박이라고 쓴 이유는 간단하다.

그렇게 한다고 해서 죄가 더 무거워지거나 처벌이 강해지는 건 아니지만, 그걸 보는 경찰의 심리적 부담감은 심해질 수밖에 없다.

"만일 주소를 알려 줬다가 진짜 살인 사건이라도 나면 그 책임은 경찰이 집니다. 당연히 경찰은 주소를 절대 알려 주지 않으려고 하겠지요. 생각해 보세요. 자기를 죽이겠다고 협박한 놈들이 합의해 달라고 매일같이 찾아오면 피해자 입장에서는 피가 안 마르겠습니까?"

"마르겠지요."

공포감에 미칠 것 같을 테고, 당연히 어떻게 해서든 벗어나려고 할 것이다.

그 선택지 중 하나가 바로 합의다.

"사실 경찰들이 그렇게 대충 정보를 주는 이유 중 하나가 바로 그겁니다."

쌍방이 합의하면 경찰은 편하니까.

실적이 된다면 모를까, 사실 실형이 아니라 벌금 정도 나오는 처벌은 실적으로는 부족하기에 경찰들은 열성적으로 일하지 않는다.

대한민국 경찰은 강도 백 명을 잡는 것보다는 SNS에서 이슈 한번 되는 게 훨씬 승진하기 편하기 때문에 어쩔 수가 없다.

"그리고 사건이 어느 정도 진행되고 나면 법원을 통해 접근 금지 명령을 받을 겁니다. 만일 명예훼손으로 진행하면 접근 금지 명령이 떨어질 가능성은 극도로 낮습니다."

"하긴, 협박이라면 상황이 다르겠군요."

"네. 결과적으로 어느 쪽이 의뢰인에게 더 도움이 될 것인가, 그게 더 중요한 거죠."

편하게 하려면 끝도 없이 편하게 할 수 있다.

하지만 노형진에게는 편리성보다 의뢰인의 안전이 우선이다.

당장 피직스는 안전을 위해 이사 준비를 하고 있지만 그 이사를 하는 데 한 달이 걸릴지 두 달이 걸릴지 알 수가 없으니까.

"저는 그것도 모르고 미안합니다."

"뭐, 유튭에서는 별의별 헛소리가 다 나오니까 이해합니다만."

"그나저나 노 변호사님은 이런 사건에 대해 좀 더 엄격하시네요?"

"네?"

"주변에 들어 보니, 뭐든 최선을 다하시기는 하지만 이런 사이버 범죄에 대해서는 거의 용서가 없으시다고 하더라고요."

노형진은 고개를 끄덕거렸다. 그 말은 사실이니까.

물론 많은 오프라인 범죄들도 딱히 용서하는 건 아니지만 사이버 범죄에 대해서는, 특히 이런 악플이나 협박에 대해서는 노형진은 가차 없기로 소문났다.

대부분의 변호사들은 이런 사이버 범죄를 그다지 신경 쓰지 않는 데 반해 노형진은 상대방을 확실하게 파멸시키는 방법을 쓰는 편이었다.

"처음에 저희한테 의뢰받으실 때도 합의에 관해서는 허락받으라고 하지 않으셨습니까? 만일 새론의 동의 없이 합의하거나 선처해 주면 그 즉시 의뢰를 포기한 것으로 받아들인다고요. 왜 그렇게까지 하시는 겁니까?"

노형진은 입맛을 다셨다.

하긴, 일반인들이 봤을 때는 이렇게 악에 받쳐서 덤벼드는 게 이상해 보일 수도 있다.

하지만 노형진에게는 다 이유가 있었다.

"아시겠지만 연예계는 어설픈 선처를 수십 년간 반복했지요. 그 결과는 연예인의 자살뿐입니다. 다른 죄라면 몰라도 이런 사건은, 선처해 줄 거라면 저는 시작도 안 합니다."

노형진이 이러한 악플에 대해 강경한 이유는 저들이 뒤에 숨어서 하기 때문이다.

물론 벌받고 싶지 않은 마음은 사람이라면 다 똑같지만, 특히 악플은 안전한 곳에 숨어 세 치 혀로 사람을 죽이는 행동이다.

자기는 당하기는 싫어 안전한 곳에 머물면서 남에게는 해를 끼치고자 하는 놈들.

"제가 변호사 생활을 오래 하다 보니 악플은 착한 사람일수록 더 크게 고통받더군요."

사실 그것까지는 그럭저럭 넘어갈 수 있다.

노형진이 이러한 악플에 대해 용납하지 못하는 가장 큰 이유는 바로 착한 사람일수록 더 고통받고 결국 자살에까지 이르게 되기 때문이다.

차라리 나쁜 놈이고 독한 사람이라면 문제가 안 된다.

누가 뭐라고 하든 가뿐하게 씹어 버리고 자기 갈 길 갈 수 있을 테니까.

하지만 착하고 여린 사람일수록 더 고통받고 힘들어하다가 결국 자살을 선택하게 된다.

노형진이 생각하는 법은 악한 자가 벌을 받고 선한 자가 보호받는 그런 거다.

'하지만 이 악플은 아니야.'

선한 자가 고통받고 악한 자가 보호받는 가장 대표적인 예가 바로 악플이다.

악플러는 아무리 악플을 달아 봐야 처벌은 솜방망이에 별일 아니라고 생각하겠지만, 그에 반해 피해자는 자살하고 그유가족들 역시 고통받는다.

그래서 노형진의 철칙 중 하나가 악플에 대해서는 합의할거라면 아예 시작도 하지 않는다는 것.

"우리나라의 처벌은 솜방망이로 유명합니다. 특히 악플은워낙 많다 보니 거의 처벌하지 않지요. 그러려니 하고 넘어가는 사람도 많고요. 하지만 세상에 당연한 건 없습니다. 남의 인생을 박살 낼 거라면 자기 인생도 걸어야지요. 저는 그대로 돌려주는 것뿐입니다."

노형진의 말에 하승하는 고개를 끄덕거렸다.

하지만 한편으로는 불편한 점도 있었다.

"알겠습니다. 그렇다고 하니 저희도 끝까지 가야겠네요.저도 그 말에는 동의합니다다만……. 다만 새론에서 합의를 거부하니까 계속 회사로 연락이 오네요."

"합의는 없다고 하시라니까요."

"그래서 저희 쪽으로 오는 겁니다. 저희라고 말하지 않았겠습니까? 이미 해 봤지요. 그런데 어차피 변호사는 대리인이 아니냐면서, 합의만 어떻게 해 달라고 합니다."

"하여간 뻔뻔하네요."

노형진은 혀를 끌끌 찼다.

"이런 놈들은 피해자의 용서가 자신의 권리인 줄 알아요."

농담 같지만 사실이다.

당장 용서하라고 강요하는 놈들은 보통이고, 도리어 내가 기분 나빴으니 사과하라고 하는 놈들도 있다.

"왜요? 취하하지 않으면 무고죄로 고소한다는 소리는 안 하던가요?"

"어떻게 아셨습니까?"

"범죄자들이 벗어날 수 없을 것 같을 때 가장 많이 써먹는 방법이 세 가지입니다. 나도 불쌍한 사람이라고 읍소하는 거랑, 나 자살한다고 협박하는 거랑, 무고죄로 고소한다고 하는 거죠. 사실 그런 놈들의 행동 패턴은 뻔합니다."

읍소와 자살은 상대방에게 정신적인 스트레스를 주며 양심에 가책을 느끼게 함으로써 상황을 벗어나려고 하는 건데, 그게 안 통하면 상대방이 겁먹고 물러나기를 원하면서 무고죄 운운한다.

대부분의 범죄자들은 이러한 세 가지 패턴을 거의 한 번은 거쳐 간다.

"저는 이 세 가지 패턴을 무척이나 싫어합니다. 왜 그런지 아십니까?"

"글쎄요. 너무 뻔해서요?"

"아니요. 그게 아닙니다. 사실 뻔하다면 뻔한 거고 그걸 뭐라고 할 이유는 없지요, 자기를 지키기 위해 하는 건데. 법원에서도 피고인이 자신을 위해 위증하는 건 처벌하지 않습니다."

"그러면 왜요?"

"제가 이 세 가지 패턴을 싫어하는 가장 큰 이유는 그게 한 가지 사실을 기반으로 하여 진행되기 때문입니다."

"어떤 건데요?"

"상대방이 선량하고 마음이 약하며 양심적인 사람일 것."

하승하는 말문이 막혔다. 들어 보니 확실히 그랬으니까.

상대방이 악독하고 지독한 사람이라면 과연 이런 어중간한 변명이 먹힐까?

"범죄자가 이런 세 가지 패턴을 말할 때는 말입니다, 대충 각을 재 보고 이렇게 나가면 상대방이 나를 봐줄 것 같다고 생각할 때입니다."

심리적으로 강하지 못한 사람들은 이 세 가지 패턴을 겪으면 곤혹스러워한다.

일단 상대가 자기가 불쌍한 사람이라는 식으로 이야기하면 그 주변 인물들, 즉 자녀 등 가족이 피해를 입을까 걱정이 된다.

그리고 자살한다고 하면 자신의 행위로 인해 누군가의 죽음이 초래되는 것은 아닐까, 그렇다면 지금 자신의 행위는 살인이 아닌가 두려워하며 힘들어한다.

마지막으로 고소 고발을 한다고 하는 것은 싸움이 길어지는 것을 두려워하게 하는 것이다.

    대부분의 피해자들은 가능하면 빨리 사건을 잊어버리고 싶어 한다.

    생각할수록 고통스럽기 마련이니까.

    하지만 가해자들 입장에서는 그렇지 않다.

    그들은 조금도 고통스럽지 않으니까.

    피해자가 고소와 고발에 힘들어하면서 스스로 말라 죽어 가기를 노리는 것이다.

    "그걸 보통 가스라이팅이라고 합니다. 한국어로 번역하자면 노예화라고 할 수 있습니다."

    "노예화요?"

    "네. 그리고 이 수법은 한 가지를 전제합니다. 상대방이 나보다 심리적 약자라는 것."

    "그 말은?"

    "애초에 그 사람이 그런 행동을 할 사람이 아니라는 걸 알고 있었다는 거죠."

    하승하는 입을 쩍 벌렸다. 그렇게 생각해 본 적은 없으니까.

    "그래서 제가 자칭 신념적 범죄자들을 믿지 않는 겁니다. 그리고 제가 사람들에게 가능하면 직접 해결하지 말고 변호사를 사라고 하는 이유이기도 하고요. 돈을 벌려고 하는 게 아니라, 이런 미친놈들을 만나면 사람이 엄청 황폐해집니다."

    사람들이 변호사를 사는 이유는 법률적인 도움을 받으려고 하는 것도 있지만 동시에 자신을 사건에서 보호하려고 하는 것이다.

특히나 마음이 약한 사람들이 직접 소송을 벌이게 되면 그 과정에서 심적인 부담이 어마어마해진다.

물론 일부는 그 과정을 거치면서 멘탈이 강해지기도 하지만, 사람에게는 태어나면서부터 가지게 되는 기질이 있는지라 강해지기도 전에 깨지는 사람도 많다.

'그리고 범죄자들은 그러기를 원하지.'

상대방이 죽으면 자신들은 혐의 없음으로 풀려날 테니까.

애초에 이런 행위를 하는 놈들은 선한 사람들이 고통받고 죽어도 자신과는 상관없다고 느낀다.

그가 죽고 나면 뉘우치는 게 아니라, 과거의 일일 뿐이니까맣게 잊고 자신의 스트레스를 풀 수 있는 다른 사람을 찾기 시작한다.

"그나마 피직스 씨는 덕분에 안전한 거군요."

노형진이 그렇게 살인 협박으로 고소해서 그런지 경찰은 피직스의 연락처와 주소를 알려 주지 않아서 연락이 그다지 오지 않았다.

물론 인터넷상에 공개된 정보가 없는 것은 아니었지만, 그 소수의 정보는 노형진이 순식간에 삭제했다.

"하지만 저희 같은 경우는 연락처가 공개되어 있다 보니 연락이 너무 많이 옵니다. 업무 진행이 안 될 정도입니다."

"벌써부터 그러면 곤란한데요."

지금 고소한 것만 3천 명에 달한다.

명백하게 협박을 입에 올린 사람들만 그 정도이고, 나머지 명예훼손 같은 경우는 아직 시작도 안 했다.

"걱정하지 마세요. 제가 예상한 반응이니까. 아까도 말씀 드렸잖습니까, 뻔하다고."

"네?"

"어떤 일이 벌어질지 저는 예상했고, 알고 있었습니다. 그리고 해결책도 알고 있습니다."

노형진은 씩 웃으며 말했다.

⚖️

"연예인의 팬들은 소속사가 명예훼손 하는 놈들을 죄다 때려잡아 주기를 원하지. 하지만 현실은 그렇지 않아."

노형진은 시계를 힐끔 보면서 말했다.

"고소와 고발에 관해 일단 권리가 있는 건 연예인이고, 그들이 동의해 준다고 하면 사실 가능하기는 하지. 하지만 합의해 달라는 연락 때문에 회사가 멈추겠지."

실제로 뉴스에서 각 소속사들의 선처는 없다.

그러나 끝까지 간다고 이야기하는 고소장의 양을 보면 백 개가 안 된다.

과연 그렇게 명예훼손을 하는 댓글이 하루에 백 개가 안 나올까? 그럴 리가 없다.

"일종의 타협점인 거지."

엔터테인먼트에서는 고소한다고 어필하고 실제로 몇몇 건을 진행하면서 일부를 본보기로 보이는 거다.

겁먹고 악플러들이 사라지기를 원하면서 말이다.

"하지만 난 그게 싫어."

"나 같아도 싫겠다. 그거 그냥 폭탄 돌리기 아니야?"

조용히 듣고 있던 오광훈은 단번에 노형진이 왜 그걸 싫어하는지 알아차렸다.

"잘 아네?"

"나도 룸살롱 하면서 많이 봤거든. 미친놈 쫓아내면 그 새끼, 꼭 다른 가게 가서 계속 그러더라."

"아니, 넌 내가 무슨 이야기를 해도 왜 돌고 돌아 경험이 다 룸살롱인데?"

"세상 사는 게 다 그런 거지."

그렇게 말하며 오광훈은 피식 웃었다. 노형진은 고개를 끄덕거렸다.

"뭐, 그렇기는 한데. 하여간 네가 한 말이 틀린 건 아니다. 폭탄 돌리기."

그렇게 선처하지 않는다고 발표하고 수십 명을 고소하면 확실히 악플러들이 사라지는 경향이 있다.

하지만 그들이 정말로 사라진 건 아니다.

"다른 사람에게 몰려간 거지."

그래서 오광훈이 '폭탄 돌리기'라고 한 것이다.

악플러들이나 협박범들은 그 소식을 들어도 자신의 행위를 반성하거나 멈추지 않으니까.

"룸 이야기가 나와서 말인데, 조씨 아줌마 생각나네."

"누군데?"

"호스트바의 진상이었어."

"너 호스트바도 했냐?"

"내가 양심만 안 팔았지, 다 팔았다."

"지랄. 네가 무슨 타이어 금고나 용팔이야, 양심만 빼고 다 팔게?"

"하여간 너무 진상을 부려서 내가 쫓아냈거든. 그랬더니 다른 가게에서 또 그 짓을 하더라. 그래서 내가 또 진짜 엄청 혼쭐을 내주고 쫓아냈는데, 또 다른 가게에 가서 그 짓을 하더라고."

"그 말은 호스트바를 최소 세 개는 했다는 소리네."

"네가 몰라서 그렇지, 거기 돈 엄청 번다? 룸살롱 아가씨들? 웃기지 말라고 해. 진짜 돈 되는 건 호스트야."

"거참."

노형진은 혀를 끌끌 차면서 서류를 건넸다.

"옜다, 고소장."

"업무방해라…… 이걸 예상하고 있었다고?"

"예상하지 못했다면 내가 이렇게 고소장까지 친절하게 준비했겠니?"

끝까지 싸울 생각을 하는 신념적 범죄자가 아니고서야 고소가 들어오면 대부분은 합의를 원한다.

"하지만 범죄자가 생각하는 게 거기서 거기지."

어떤 가해자가 과거 자신이 괴롭혔던 사람에게 가서 사과를 했으나 받아들여지지 않자 성질을 냈던 것처럼, 범죄자들은 사과마저도 자신의 기준으로 판단한다.

"살인 협박 사건이니까 당연히 경찰에서 피해자의 연락처를 줄 리 없지만, 라이스엔터는 기업이니까 연락처가 드러나 있을 수밖에 없지. 그러면 선택지는 하나뿐 아니겠어?"

결국 회사에 전화해서 계속 합의해 달라고 한다.

문제는 그게 한 번으로 끝나지 않는다는 것.

"사실 엄밀하게 말하면 회사는 아무런 권한도 없거든."

고소한 건 피직스고 그 대리인은 노형진이다. 라이스엔터테인먼트는 아무런 권한도 없다.

하지만 그들은 라이스 쪽이 피직스 쪽과 연락되는 걸 알기에 끊임없이 전화해서 읍소하고 협박한다.

"그런 건 엄밀하게 말하면 업무방해에 들어가."

한두 번이면 모를까, 하루에도 몇 번씩 연락한다면?

하승하가 말한 것처럼 제대로 업무 진행이 될 리가 없다.

물론 노형진은 그걸 알고 있었다.

"폭탄을 계속 돌릴 수는 없으니 완전히 제거해야지."

"그래서 나보고 업무방해로 처리하라는 거야?"

"경찰에 넣으면 또 뻔하거든."

어떻게든 또 시간을 끌면서 소환하지 않고, 사건은 차일피일 미뤄질 것이다.

"하지만 검찰에서 직접 지휘명령을 내리면 경찰은 바로 움직일 수밖에 없지."

이건 시간이 걸릴수록 당연히 라이스엔터에서 손을 볼수밖에 없는 구조다. 당연히 계속해서 연락이 올 테니까.

"그놈들이 심리적인 압박으로 합의를 유도하려고 하는 건데, 우리라고 심리적 압박을 하지 말라는 법 있어?"

"하긴, 그렇겠네."

업무방해는 피직스가 당하고 있는 범죄와는 다른 전혀 다른 범죄다.

당연히 조사 결과에 따라서 전과가 두 개가 된다.

"전과가 두 개가 되면 사실 멀쩡하게 사회생활 하는 건 힘들거든."

물론 그냥 가게에서 일한다거나 하는 것은 가능하겠지만, 좋은 직장에 취직하거나 또는 공무원이 되는 것은 불가능하다.

"그렇다면야 뭐, 어렵지 않지."

오광훈은 고개를 끄덕거렸다.

"그러면 나 하나만 물어보자."

"뭔데?"

"이다음 패턴은 뭘까?"

"아마 두 개로 나뉘겠지."

노형진은 어깨를 으쓱하며 말했다.

"두 개?"

"그래. 아마 대부분은 백기 투항을 선택할 거야."

반성문을 제출하면서 어떻게 해서든 합의하려고 할 거다.

물론 공짜로 합의해 줄 수는 없으니, 당연히 적당한 합의금이 지불되어야 한다.

"그러면 처음부터 합의하지 그랬어? 그러면 이런 일 없잖아."

잔뜩 쌓여 있는 소장을 보면서 말하는 오광훈.

사실 그가 많이 변했다지만 일을 좋아하는 사람은 아니니까.

"어쩔 수가 없어. 이놈의 나라는 가해자보다는 피해자를 욕하거든."

"그게 뭔 소리야?"

"합의하려고 했으면 벌써 할 수 있었겠지. 그런데 그러면 세상에서 뭐라는지 알아? 돈독이 올랐다고 해."

피해자가 얼마나 고통받았는지, 피해자가 얼마나 두려움에 떨고, 협박을 피해 이사하기 위해 급매로 집을 내놓는 등 금전적으로 얼마나 피해를 입었는지 등등은 상관하지 않는다.

다만 많은 사람들을 고소한 만큼 합의금을 받아 돈을 많이 벌었을 테니까 피해자는 돈 때문에 합의하는 쓰레기라고 말한다.

물론 실제로 그런 식으로 합의금을 벌려고 하는 범죄자가 없는 것은 아니다.

실제로 존재하고, 노형진이 그런 자들을 막은 적도 있다.

그러나 이번 경우는 그런 사건과는 전혀 다르다.

그러한 범죄자들과 달리 피직스는 합의금으로 돈을 벌 필요가 없는 사람이니까.

"피직스 씨는 사실 매달 3천이 넘게 벌어. 절대 돈이 없는 사람은 아니지."

피직스는 얼마 전에 가족의 안전을 위해 집을 1억 이상 싸게 내놓고 이사를 준비하고 있다.

당연하게도 그동안 방송은 못 한다.

"아무리 못해도 피해액이 1억 5천 이상은 나오겠지. 저들의 헛소문 유포로 인해 사람들이 떨어져 나가면서 조회 수가 급락한 탓에 입은 피해까지 생각하면 더더욱 그럴 테고."

과연 저들과 합의하면 그만큼의 돈이 나올까?

애석하게도 그 정도는 나오지 않을 가능성이 크다.

"아니, 그러면 애초부터 차라리 업무방해로 넣었으면 편하잖아? 생각해 보니 그러네. 유튭이라는 것도 결국 업무의 영역이잖아."

"뭐, 어떻게 보면 그렇지. 하지만 업무방해라고 하는 순간 또 그것도 분위기가 이상해지거든."

이것이 법이다

"뭐가?"

"업무라고 하면 상대방이 사람이 아니라 업체로 보이잖아."

일단 댓글이 업무방해가 되는지에 대해서는 여러 의견이 있기에 뭐라고 말할 수가 없다.

실제로 특정 댓글을 도배하거나 하면서 다른 댓글을 막는 게 아니라면 업무방해로 보기 힘들다.

"물론 어떻게 성립된다고 해도, 업무방해라는 죄 자체가 기업 대 개인의 싸움으로 보이거든."

그리고 사람들은 기업과 개인이 싸우면 일반적으로 개인을 더 편들어 준다.

물론 둘 중 어느 쪽이 더 잘못했느냐는 문제가 남아 있기는 하지만, 심정적으로는 기업보다 개인에게 기울기 쉽다.

소위 말하는 언더도그 현상, 즉 약자를 보호하고 응원하는 마음이다.

"아으…… 좀 배운 것 같은데 복잡하다. 좋아, 그건 그렇다고 치고, 남은 사람들은 뭐야?"

노형진은 어깨를 으쓱하면서 자신을 가리켰다.

"세상에 널리고 널린 게 변호사 아니겠어? 합의도 안 되고 반성도 안 되면 남는 게 뭐겠어? 개싸움이지."

그리고 노형진은 그 개싸움을 준비하고 있었다.

범죄자들의 최후의 보루는 어디일까?

아이러니하게도 변호사다.

애초에 변호사는 법률적 대리인이자 보호자다.

하지만 범죄자들은 변호사를 사는 걸 별로 좋아하지 않는다.

이유는 간단하다. 비싸니까.

현실적으로 피해자들은 자신의 억울함을 풀기 위해 변호사를 사는 걸 아까워하지 않지만, 가해자들은 자신들이 잘만 합의하면 수백만 원을 아낄 수 있기에 일단은 가스라이팅부터 해 보고 안 되면 최후의 수단으로 변호사를 생각한다.

"흠, 이 정도면 집행유예로 끝낼 수 있겠네요."

"진짜입니까?"

"일단 전력도 없고, 다른 피해자가 있는 것도 아니고, 전과도 없으시고요."

당연하게도 그들은 변호사를 찾아가서 의뢰하고 사건을 해결하려고 했다.

실제로 재판부는 사건에 변호사가 붙어 있는 경우 어느 정도 선처해 주는 경향이 있다.

대부분의 판사들은 옷을 벗는 순간 변호사가 되는데, 변호사의 능력 유무를 떠나서 변호사를 샀는데 재판의 결과에 차이가 없다면 당연히 사람들은 변호사를 사지 않을 테니까.

이것이 법이다

"네, 이 정도면, 운이 좋다면 확실히 집행유예로 끝낼 수 있습니다."

물론 변호사비를 생각하면 벌금이나 변호사비나 마찬가지일 테지만 그 대신에 전과가 남지 않을 가능성이 있기에 그들은 변호사를 사는 것이다.

"감사합니다. 감사합니다."

"감사는요, 뭐. 당연히 해야 하는 일이지요, 허허허."

박 변호사는 의뢰인에게 웃으며 말했다.

"그런데 혹시……."

"네, 말씀하십시오."

옆에 서 있던 다른 의뢰인이 불만으로 가득한 표정으로 물었다.

"우리를 고소한 피직스한테 복수할 방법이 있을까요?"

"피직스라고 하시면? 주도신 씨 말인가요?"

"네. 저희가 좀 욕한 게 맞기는 하지만, 너무하지 않습니까? 협박으로 고소까지 하다니."

'이거야 원.'

박 변호사는 그게 그쪽에서 봐준 거라는 말을 해 주고 싶었지만 아무 말 하지 않았다.

오랜 경험상 이런 사람들은 말해 줘 봐야 알아듣지도 못한다는 걸 아니까.

"무고 같은 걸 말씀하시는 겁니까?"

"네, 맞습니다. 그 녀석이 감히 우리를 고소한다는 게 말이나 됩니까?"

"맞습니다. 우리 같은 팬을 고소하는 놈은 혼이 나야 합니다."

박 변호사는 속으로 혀를 끌끌 찼다.

하지만 그걸 겉으로 티를 내지는 않았다.

대신에 진지하게 설명해 주기로 했다.

"고소 자체는 가능할지도 모르지요. 하지만 권하지는 않습니다."

"네? 어째서요? 고소가 가능한데 왜 하지 말라는 겁니까?"

"고소는 뭐로도 가능합니다. 실제로 처벌을 받느냐 안 받느냐가 중요하죠. 그리고 이런 경우는 협박이 맞습니다."

과거의 경험이 없고 죄질이 가벼워 처벌이 약해질 뿐이지, 협박 자체는 성립된다.

"이쪽에서 무고로 고소하면 당연히 저쪽도 가만히 있지 않을 겁니다."

"그건 그렇겠지만……."

"까딱 잘못하면 이쪽이 다시 무고로 고소될 수도 있습니다."

"……."

일부는 입을 다물었으나, 다른 일부의 눈에서는 분노가 피어올랐다.

"그리고 진지하게 말씀드리는 건데, 상대방 변호사가 노형진입니다."

"그게 뭐가 어때서요?"

"아마 일반인들은 잘 모르겠지만, 법률계에서는 절대 건드려서는 안 되는 사람이 바로 노형진입니다."

"뭐, 박앤박쯤 됩니까?"

박 변호사는 피식 웃었다.

확실히 박앤박은 국민들에게 유명한 곳이기는 하다.

부자들을 대변하고, 기득권층과 아주 친밀하며, 돈만 된다면 신념 따위는 신경 쓰지 않는 그런 기업이니까.

"두려움의 수준을 보고 판단한다면, 글쎄요. 저라면 박앤박과 싸우면 싸웠지 노형진과는 싸우지 않을 겁니다."

"네?"

"박앤박은 그냥 재판정에서 싸우고 끝입니다. 하지만 노형진 변호사 상대로는, 인생을 거셔야 합니다."

그러자 좌중에 흐르는 침묵.

"솔직히 말씀드리면, 잘하면 집행유예까지 가능하다고 한 제 말은 사실입니다. 하지만 그 이상은 저도 책임져 드리지 못합니다."

"그게 무슨 말입니까?"

"상대가 노형진 변호사라면 그 이상의 뭐가 와도 이상할 게 없다는 의미입니다."

"그 이상이라면?"

"성화 아시죠? 그 회사를 날려 버린 사람이 노형진입니다.

세상에는 잘 알려지지 않았지만요. 여기서 성화 이상의 힘을 가진 분, 계신가요?"

당연히 없다. 그랬다면 열등감으로 헛소리나 하고 다니지는 않았을 것이다.

"없으시다면 그냥 조용히 반성문을 쓰시기 바랍니다. 일단 죄를 조금이라도 깎으려면 반성문이라도 내야 하니까요."

박 변호사의 말에 대부분은 말을 아끼며 침묵을 지켰지만 일부는 그럼에도 불구하고 분노를 감추지 못했다.

"말도 안 되는 소리! 당신, 같은 변호사라고 해서 편들어 주는 모양인데……!"

"같은 변호사라고 해서 편들어 주는 게 아닙니다. 그렇게 살아온 사람도 아니고요."

최소한 그는 스스로에게 거짓말하거나 의뢰인을 속여서 수익을 창출하는 사람은 아니었다.

"제가 여러분한테 그런 거짓말을 해서 뭐 하겠습니까? 저는 사실을 말하는 겁니다."

"흥, 나도 알 만큼 아는 사람이야."

"맞습니다. 변호사들은 다 끼리끼리 뭉친다고 하더군요."

그 말을 들으면서 박 변호사는 혀를 끌끌 찼다.

이렇게까지 설명해 줬는데 못 알아듣는다면 자신도 더는 방법이 없다.

여전히 변호사는 사회적으로 지도층으로 분류되는 부류이

고, 굳이 자존심까지 죽여 가면서 의뢰인을 챙길 이유도 없었으니까.

"그러면 가세요."

"뭐라고?"

"아까 말씀드렸잖습니까, 저는 노형진 변호사와는 싸우기 싫다고. 제가 경고해 드렸는데도 굳이 싸우겠다고 하시면 저는 뭐, 방법이 없지요."

"아니, 변호사라면 싸워서 이겨야 하는 거 아니야?"

"맞아. 변호사가 도망만 다녀서야 쓰나!"

그 말을 들은 박 변호사는 고개를 절레절레 흔들었다.

애초에 변호사의 승률은 30%가 안 되는 게 정상이다.

왜냐하면 피해자보다는 가해자를 더 많이 담당할 수밖에 없는 직업이니까.

민사야 모르지만 형사까지 하는 사람이라면, 범죄자를 보호하다 보면 필연적으로 패할 수밖에 없다.

징역 3년이 나올 걸 징역 1년으로 줄여 준다고 해도 기본적으로는 패소니까.

'노형진 그자가 괴물 같은 거지.'

그런데 신기하게도 노형진은 의뢰인이 피해자인 사건을 주로 담당하는데, 심지어 그걸 어떻게든 해결한다.

그것만 해도 어이가 없는데, 의뢰인이 가해자인 사건을 주로 담당할 경우에도 정말로 억울하게 누명을 쓴 사람들만 귀

신같이 골라낸다.

그러다 보니 그런 믿을 수 없는 승률이 나오는 것이다.

"뭐라고 하셔도 괜찮습니다. 다시 한번 말씀드리지만, 싫으면 가세요."

"지금 우리보고……!"

"저는 변호사로서 여러분에게 최대한 조언을 해 드린 거고, 그걸 거절한다면 더 이상은 어떻게 해 드릴 수 있는 게 없습니다."

"이이익!"

화를 내는 사람들. 하지만 박 변호사는 담담했다.

"끝까지 싸우고 싶은 분들은 나가시고, 여기서 합의하시려는 분은 남으세요."

"아니, 합의가 안 돼서 온 거 아닙니까?"

"합의가 안 된 건 당신들이 변호사와 하려고 하지 않기 때문입니다."

노형진이 사건을 의뢰할 때 합의권을 넘겨 달라고 한 건 자신이 합의하겠다는 것이었지 아예 합의 자체를 거부하는 건 아니었다.

변호사는 그 차이를 안다.

가해자들은 어떻게 해서든 피해자를 후려쳐서 합의하려고 할 테니까.

"뭐 이딴 데가 다 있어!"

"다른 데 갑시다, 다른 데."

"박앤박이 그렇게 잘한다니, 한번 끝까지 가 봅시다."

우르르 나가는 사람들.

그러자 몇몇이 눈치를 보다가 따라 나갔고, 남은 사람들은 어쩔 줄 몰라 했다.

"확실하게 하세요. 여기서 돈 내고 사건을 무마하시든가 끝까지 가시든가. 저는 경고해 드렸습니다."

박 변호사의 말에 다시 몇 명이 일어나서 먼저 나간 사람들을 따라 나갔다.

모두 정리되었다고 판단한 박 변호사는 자신의 앞에 남은 사람들을 바라보았다.

"자, 이제 협상을 하지요."

⚖

"합의금은 1인당 700만 원. 물론 각 변호사 비용은 가해자가 지는 겁니다. 300만 원 기준으로 하도록 하지요."

"하지만 그러면 저희 의뢰인이 1천만 원이나 배상해야 합니다만."

"엄밀하게 말하면 그쪽 변호사 비용을 포함해서 1,300만 원입니다."

"그건 좀 과한 것 같은데 봐주시지요."

"사람한테 죽여 버리겠다고 할 때는 그 정도 각오는 하고 시작하는 거 아닌가요?"

"욱한 마음에 한 것뿐입니다."

"물론 그랬겠지요. 우리 의뢰인도 지금 욱한 상태입니다. 그러니 우리가 파투 내고 그냥 가도 이해해 주실 거라 믿습니다."

"끄응."

"박 변호사님, 솔직히 그쪽에서 하는 말, 다 변명이지 않습니까?"

노형진은 실실 웃으며 말했다.

"저희는 돈도 돈이지만 징벌을 원합니다. 감옥으로 징벌받기 싫으시다면 당연히 돈으로 받아야지요."

"선처를 좀 해 주시는 건 안 됩니까?"

"그래서 우리가 사전에 고지하지 않았습니까, 금전적으로 한계에 몰렸다는 걸 증명할 수 있는 뭔가를 가지고 오라고. 압류 증명서라든가 체납 증명서라든가, 하다못해 가족의 장기 입원 서류라든가."

그런 경우는 진짜로 사람이 죽을 수도 있기에 그런 걸 가지고 온다면 의뢰인의 동의하에 선처해 줄 수도 있다.

"그런데 박 변호사님이 가지고 온 서류는 그냥 반성문뿐이지 않습니까?"

"가해자들은 충분히 반성하고 있습니다."

"네, 그건 가해자들 말이고요. 그쪽에서 반성하는 건 우리랑 상관없고요. 안 그런가요? 미안합니다만, 반성한다고 해서 봐주는 건 판검사들이지 피해자가 아닙니다. 피해자가 원하는 건 처벌이지요."

"사과할 기회를 주시면……."

"살인 협박을 했던 사람들입니다. 그들을 만나라고요? 박 변호사님, 그렇게 안 봤는데 엄청 잔인하시네요."

"끄응."

박 변호사는 입술이 바짝바짝 말랐다.

물론 저쪽은 피해자, 이쪽은 가해자이다.

그래서 합의를 위해서는 이쪽이 조금 숙여야 할 필요가 있다.

'그런데 왜 하필이면 노형진이야.'

소송이라는 것은 사실 여러 가지 전략과 전술이 들어가는 지독한 머리싸움이다.

개싸움을 하는 사람도 있지만 진짜 머리싸움을 하는 사람도 있다. 그게 바로 노형진이다.

'하필이면 업무방해까지 엮여 버려서…….'

노형진은 피해자인 피직스에게 사건에 접촉하지 말라고 했다.

그건 단순히 변호사인 내가 알아서 한다는 것이 아니라, 피해자의 정신적 스트레스를 줄이기 위한 행동이다.

당연하게도 그렇게 되면 피직스는 자기 유튜브 방송만 신경 쓰면 그만이었고, 스트레스가 없으니 노형진이 사건을 좀 길게 끌어간다고 해도 문제 될 게 없었다.

일반적으로 합의에서 중요한 것은 피해자의 스트레스다.

상당수의 사건에서 피해자들은 빨리 끝내고 잊어버리고 싶어 하기 때문이다.

'더군다나 그놈의 소송 때문에……'

당연히 노형진은 쉽게 합의해 주지 않고 버티고 있었고, 지금 박 변호사 앞에서 싱글벙글 웃으면서 말하고 있었다.

"그냥 재판하자 이겁니까?"

"아, 물론 그것도 방법이지요. 원하신다면."

박 변호사는 침을 꿀꺽 삼켰다. 물론 그래도 된다.

'하지만 노형진이 인생 종 치게 만들겠지.'

결국 합의해야 하나 고민하는 그때, 노형진은 그런 그에게 의외의 말을 했다.

"그거 아십니까?"

"뭘요?"

"의뢰인들은 어지간히 강하게 말하지 않으면 말을 듣지 않더라고요. 그건 아시죠?"

"그 말이 지금 왜 나옵니까?"

퉁명스럽게 말하는 박 변호사였지만 그 말 자체는 부정하지 않았다. 그럴 수밖에 없는 게, 그 말이 사실이니까.

변호사가 하지 말라면 하지 말아야 하는데, 욱해서 그런다거나 변호사를 믿지 않는다거나 요즘은 인터넷에서 보니 안 그렇다고 하면서 별의별 짓을 다 한다.

법적으로 불리한 행동임에도 불구하고 그걸 자기 딴에는 유리하다고 생각하는 것이다.

"저라면 그런 사람들은 변호하지 않겠습니다."

"무슨 말을 하고 싶으신 겁니까?"

노형진은 대답하는 대신에 뒤쪽으로 신호를 보냈다.

그러자 한 직원이 그에게 제법 두툼한 서류를 가지고 왔다.

"이게 뭡니까?"

"의뢰인에게 경고해 주지 않았나요, 접근 금지 명령 어기지 말라고?"

"접근할 방법도 없지 않습니까? 주소도 모르고 전화번호도 모르는데."

"방송 중에 접근해서 합의를 요구했네요. 그건 경고 안 해 주셨습니까?"

"뭐요?"

"접근 금지 명령 위반으로 고발하겠습니다."

"끄응."

박 변호사는 말문이 막혔다.

'당했다.'

접근 금지 명령은 주변에만 접근하지 말라는 게 아니다.

그와 관련된 어떠한 행동도 하지 말라는 거다.

주변에 가서도 안 되고, 전화를 걸어서도 안 되고, 메일을 보내거나 편지를 써서도 안 된다.

그러한 접근 금지를 단순히 육체적인 거리로만 잴 수는 없다. 특히 현대에는 말이다.

당연히 인터넷으로 접근해서도 안 된다.

특히 협박범이라면, 그 존재 자체만으로도 상대방에게 아주 심대한 정신적 타격을 줄 수 있기 때문에 더더욱 그렇다.

"방송하는 곳에 와서 그렇게 난장판을 만드실 때는 각오하신 거겠죠?"

노형진은 그렇게 말하면서 싱글벙글 웃었다.

'변호사들이 다 그렇지, 뭐.'

사실 변호사들은 의뢰인에게 상황을 자세하게 설명하지 않는 편이다.

판사들이 쓰는 판결문은 보통 두루뭉술하게 쓰이는 경우가 많다.

이번 접근 금지 명령은 온라인 또는 오프라인 등으로 접근하지 말라고 되어 있다.

그런데 사람들은 접근 금지하라고 하면 그냥 육체적으로 접근하지 말라는 의미로 받아들인다.

게다가 이렇게 딸랑 결정문 하나 날아오는 서류로는 가해자들이 크게 신경 쓰지 않는다.

더군다나 재판 중에는 이러한 결정문을 당사자가 아닌 변호사가 가지고 있는 게 보통이다.

그렇다 보니 당연히 변호사는 자신의 의뢰인을 불러서 이 결정문이 가진 의미와 그걸 어겼을 때의 상황에 대해 설명하고 하지 말아야 할 사항을 알려 줘야 한다.

'하지만 뻔하지, 뭐.'

보통 이런 결정문이 나와도 의뢰인에게 설명할 때에는 간략화해서 말한다.

'주도신 씨에게 접근하지 마세요.'라고 말이다.

그러니 의뢰인은 육체적인 접근만을 생각하고 어떻게 해서든 합의하려고 유튭상에 댓글을 쓴 것이다.

"이러면 곤란합니다. 온라인으로 접근해서 협박이라니요."

"아니, 이건 협박이라기보다는…….."

"죽이겠다고 했던 사람이 자꾸 합의해 달라고 연락하는데 누가 그걸 순수하게 받아들입니까? 일단 합의는 여기까지 하지요. 고발을 진행하고 나중에."

노형진의 말에 박 변호사는 이를 뿌드득 갈았다.

애초에 노형진이 이걸 프린트해 왔다는 건, 이미 박 변호사의 의뢰인들이 글을 쓴 건 알고 이 자리에 나왔다는 소리다.

그런데 합의는 여기까지만 하자는 말을 하는 이유? 간단하다.

그냥 끝까지 가든가, 백기 투항하든가.

'어쩔 수 없지.'

박 변호사는 간단하게 생각했다.

사실 변호사들은 일반적인 합의도 승소로 보는 편이다.

문제는, 이게 상대방의 의견을 전적으로 다 받아들여서 이루어지는 합의라고 해도 승소로 판단한다는 것.

상대방에게 돈을 주는 문제?

애석하게도 변호사들에게는 중요한 요소가 아니다.

자기 돈이 나가는 게 아니니까.

"아까 700만 원이라고 했지요? 합의합시다."

노형진은 씩 하고 미소를 지었다.

⚖️

"대부분은 털어 낸 것 같은데요."

끝까지 싸우려고 하는 사람들을 제외하고는 결국 대부분이 합의에 이르렀다.

"아마 개인당 배상금이 한 1,500만 원 정도 되겠네요."

피직스의 변호사비와 본인의 변호사비 그리고 사건에 대한 배상금, 마지막으로 사건에 들어간 경비까지 모조리 가해자가 내도록 했기 때문에 그들의 피해는 못해도 1,500만 원은 되는 상황이었다.

"거기다가 벌금도 내야 할 테고요."

노형진의 말에 피직스는 깜짝 놀라 그를 쳐다보았다.

"네? 벌금요? 합의서를 써 주지 않았습니까?"

노형진은 고개를 끄덕거렸다.

"맞습니다. 하지만 그렇다고 해서 용서받지는 못합니다. 제가 명예훼손으로 고소한 게 아니니까요."

"네?"

"명예훼손은 반의사불벌죄입니다."

즉, 합의서를 써 주면 그들은 처벌받지 않는다.

"하지만 저는 그들을 협박으로 넣었습니다. 그리고 협박은 반의사불벌죄가 아니죠. 합의서는 그들의 처벌을 약하게 할 뿐, 처벌 자체를 면하게 하지는 못합니다."

"아하!"

물론 그 수위가 낮은 사람들은 아마도 집행유예가 떨어지겠지만, 수위가 높은 자들은 결국 그 돈도 토해 내야 할 것이다.

"제 경험상 인간은 자신에게 피해가 오지 않으면 결코 바뀌지 않습니다. 하지만 이번에는 제대로 피해를 입었으니 정신 좀 차리겠지요."

한두 푼도 아니고 못해도 1,500만 원, 많으면 2천만 원까지 손해를 봤다.

경제력이 없는 사람들은 부모에게 합의금을 내 달라고 해야 했고, 당연히 부모는 길길이 날뛰면서 당장 인터넷을 끊어 버리겠다고 했다.

설사 경제력이 있는 사람이라고 해도 1,500만 원의 벌금은 절대 작은 돈이 아니다.

한 달에 300만 원을 받아도, 현실적으로 한 달에 100만 원을 모으기 힘든 게 지금의 세상이다.

당연히 1,500만 원의 돈을 갚기 위해서는 최소 1년 이상 모아야 한다.

"그리고 아이가 있는 부모인 경우는 더 답이 없지요."

이번 사건에서 웃긴 건 의외로 자식을 가진 부모가 많다는 것. 육아 스트레스를 그러한 협박으로 풀려고 했던 놈들이라는 거다.

"하지만 이번 일로 아마 충격이 클 겁니다."

1,500만 원을 갚아야 한다면 당연히 지출을 완전히 줄여야 하는데, 그러기 위해서는 자식의 교육비도 줄여야 한다.

"한국은 모든 지출이 교육 우선입니다."

아무리 먹고 마시는 걸 줄여 봐야 한 달에 100만 원씩 줄일 수는 없는 노릇이니, 가장 많이 나가는 고정 지출인 학원비 같은 걸 줄여야 하는 게 현실.

"배우자에게 자식의 미래를 망친 병신 취급당할 겁니다. 뭐, 이혼까지 당하지는 않겠지만, 인터넷에서 뭐라도 하려고 하면 눈에 불을 켜고 감시하겠지요. 차가 있는 사람들은 차부터 팔아야 할 테고요."

"설마 그런 걸 노리고 하신 겁니까?"

피직스는 놀랍다는 듯 말했다.

처음에 힘들더라도 방송을 계속하라는 말을 들은 피직스는 노형진이 자신의 수익이 줄어들 걸 걱정해서 그런 거라 생각했다.

하지만 이제 보니 자신의 방송 자체가 함정이었고, 거기에 빠진 사람들은 결국 자신들이 원하는 대로 합의할 수밖에 없었다.

"그 정도로 피해를 본 사람들은 다시는 악플 같은 거 달지 않습니다."

"역지사지라 이거군요."

"네? 아닙니다. 하하하, 그렇게 역지사지를 할 정도의 지능이 있으면 애초에 악플을 달지도 않습니다."

"그러면요?"

"주요 감시 대상이니까요."

이런 초대형 사고를 쳤으니 당연히 집에서는 인터넷을 사용하는 데 있어서 상당히 신경을 쓰게 될 것이다.

"실제로 애들이 이런 걸로 걸리고 나면 컴퓨터의 위치가 많이 바뀌지요."

일반적으로 컴퓨터는 아이들의 방에 있지만, 이런 사건이 벌어지고 나면 거실로 옮겨지는 경우가 많다.

"핸드폰이야 당장 빼앗을 수가 없겠지만, 그 대신에 데이터의 양을 제한시켜 버릴 테고요."

유튜브는 동영상을 보는 거라 데이터를 어마어마하게 먹는다.

사람들이 어디 가든 와이파이를 찾아 헤매는 게 바로 그런 이유다.

　그나마 한국은 무제한 데이터라도 있지, 그런 게 없는 나라들은 와이파이가 되는 곳에 사람들이 뭉쳐 있는 모습을 종종 볼 수 있다.

　"제가 말했지요, 근본적인 문제를 해결한다고."

　"전 설마 그들의 인생을 파멸시키거나 하시는 건 아니겠지 하고 걱정했습니다."

　"제가 살인마도 아니고, 그 정도는 아닙니다."

　물론 그들이 다시는 이런 짓을 못 하도록 따끔하게 교훈을 남기기는 했지만 말이다.

　"그렇다고 해서 다 괜찮은 건 아니죠. 파멸할 놈들은 남았습니다."

　"우리를 무고로 고소한 사람들 말이군요."

　하승하는 긴 한숨을 쉬었다.

　"어딜 가나 돈만 따라가는 놈이 있기 마련이니까요."

　변호사들의 세계도 마찬가지다.

　실력이 있는 사람이 있는 반면 실력이 없는 사람도 있고, 신념이 있는 변호사도 있지만 반대로 신념도 없는 사람도 있다.

　"당연히 실력도, 신념도 없는 사람들이 있지요."

　그들은 어떻게 해서든 돈을 벌고 싶어 한다.

하지만 실력이 없으니 제대로 된 사건은 받아들일 수가 없다.

그렇다면 어떤 방법이 있을까?

"보통 기획 소송을 하지 않나요?"

"누가 그러던가요?"

"아, 그게…… 새론을 까려고 하는 건 아니고, 그러니까……."

어색하게 머리를 긁는 하승하에게 노형진은 그냥 웃어 줬다.

"기획 소송도 사실 실력에 들어갑니다. 애초에 실력이 없으면 기획 소송도 못합니다."

"네? 어째서요?"

"기획 소송이라는 게 고작 몇천만 원짜리는 아니지 않습니까?"

수십억에서 수백억짜리 소송이고, 의뢰인의 수가 적게는 수십 명 많게는 수백 명이 된다.

"그런 소송은 대부분 소송 대상이 기업이나 국가일 수밖에 없습니다."

"아…… 그렇겠네요."

개인 변호사 한 명이 그런 대단위 기획 소송을 한다고 해도 의뢰하는 사람도 없거니와, 설사 한다고 한들 이기는 건 요원한 일이다.

"기획 소송을 할 정도면 둘 중 하나죠. 보통은 둘 다입니다만."

실력이 있어서 모든 준비를 확실하게 해서 이길 수 있게 해 두고 의뢰인들을 설득한 경우든가, 상대방이 누구든 간에 싸워 볼 만큼 세력을 가지고 있는 경우다.

"그러나 보통 실력 없고 신념도 없는 변호사들은 그저 시키는 대로 소송을 하지요."

"시키는 대로 한다는 게 뭡니까?"

"마치 본인이 좋은 변호사인 것처럼 포장하고, 이기지도 못할 소송을 한다는 겁니다."

사건마다 다르지만 절대 이기지 못하는 싸움도 있다.

변호사들을 찾아오는 사람은 많고, 그들은 가해자든 피해자든 하나같이 입을 모아 억울하다고 이야기한다.

하지만 그 억울함과는 상관없이 절대로 이기지 못하는 사건도 있다.

"그런 사건은 결국 형량을 줄이거나 배상금을 줄이거나 하는 선에서 끝납니다만."

정상적인 변호사들이라면 그걸 설명해 주고 진행한다.

"하지만 그런 변호사들은, 안 합니다."

왜냐? 자기 문제가 아니니까.

재판에서 져도 감옥에 가는 건 자신이 아니며, 배상으로 자기 돈이 줄어드는 것도 아니다.

어찌 되었건 의뢰가 이루어지는 순간 의뢰비는 수납해야 한다.

"그리고 그런 사건들은 기본적으로 승소 비용이라는 게 없으니까요."

애초에 이길 수가 없는 사건인 만큼 승소 비용이라고 설정해 놔도 받는 것은 불가능하다.

"그러니 뻔하지요."

그냥 수임료만 받고 사건을 방치하다시피 하면서 돈을 버는 거다.

"이렇게 말도 안 되는 소장을 낸 걸로 봐서는, 아마 그런 변호사에게 부탁해서 소송을 진행했을 겁니다."

차라리 자기들끼리 무고 고소했으면 이해라도 하겠는데, 그들은 분명 변호사를 끼고 소송했다.

"이런 변호사들은 사실 그 실력이 뻔하지요."

노형진은 자신 있게 웃으며 말했다.

"그 사람들, 믿는 도끼에 발등 찍힌다는 게 뭔지 배울 시간입니다, 후후후."

다음 권으로 이어집니다

ROK
MEDIA
로크미디어

하북팽가
검술천재

이도훈 신무협 장편소설

정마 대전의 영웅, 무無부터 다시 시작하다!

목숨 바쳐 싸웠음에도
가차 없이 '팽' 당했던 광귀, 팽한빈.

현세와 작별까지 고했는데…… 어라?
눈 떠 보니 20년 전?
심지어 '하북 최고의 겁쟁이' 시절로 회귀했다?

[용안龍眼으로 구결을 확인하시겠습니까?]

흩어진 구결을 다 모아 비급을 완성한다면
하북 최강이 되는 것도 시간문제!
겁쟁이보단 망나니가 낫겠지!

팽가의 수치가 도, 아니 검술천재로 돌아왔다!

기갑천마

거짓이슬 퓨전 판타지 장편소설

종말을 막지 못한 절대자 복수의 기회를 얻다!

무림을 침략한 마수와의 운명을 건 쟁투
그 마지막 싸움에서 눈감은 무림의 천하제일인, 천휘
종말을 앞둔 중원이 아닌 새로운 세상에서 눈을 뜨는데……

"천휘든 단테든, 본좌는 본좌이니라."

이제는 백월신교의 마지막 교주가 아닌 평민 훈련병, 단테
그럼에도 오로지 마수의 숨통을 끊기 위해
절대자의 일 보를 다시금 내딛다!

에이스 기갑 파일럿 단테
마도 공학의 결정체, 나이트 프레임에 올라
마수들을 처단하고 세상을 구원하라!

만렙닥터 리턴즈

13월생 현대 판타지 장편소설

인생 2회 차 경력직 신입
칼솜씨도, 인성도 '만렙'인 의사가 돌아왔다!

만성 인력난에 시달리는 흉부외과에 들어온 인턴
메스도 잡아 본 적 없는 주제에
죽을 생명을 여럿 살려 내기 시작한다?

"이 새끼, 꼴통 맞네."
"죄송합니다."
"잘했어!"
"네?"

출세만을 좇으며 살았던 전생
이렇게 된 이상 인생도 재수술 한번 가자!

무대뽀(?) 정신으로 무장한 회귀 의사
이제부터 모든 상황은 내가 집도한다!

魔帝 南宮

남궁마제

문운도 신무협 장편소설

회귀한 뇌왕, 가족을 지키기 위해
정파의 중심에서 제대로 흑화하다!

세상을 뒤집으려는 귀천성에 맞서 싸우다
가족을 모두 잃고 제물로 바쳐진 뇌왕 남궁진화
마지막 순간 원수의 뒤통수를 치고 죽으려 했으나
제물을 바치는 진법이 뒤틀리며 과거로 회귀하다!?

남궁세가의 양자가 된 어린 시절로 돌아온 후
귀천성이 노리는 자신의 체질을 연구하다 기연을 얻고
회귀 전과 다른 엄청난 미모와 함께
뇌전의 비밀마저 알아내 경지를 뛰어넘는데……

가족들에게는 꽃처럼 사랑스러운 막내지만
적이라면 일단 패고 보는 패악질의 끝판왕!
귀천성 때려잡기에 나서다!